U0128578

真
故
TRUMANSTORY

真实打动世界

真故

90后叙事

雷磊 主编

台海出版社

主编　　　　雷磊

监制　　　　雷军

责任编辑　　王萍

策划编辑　　殷颜晓

文字编辑　　崔玉敏

　　　　　　李一伦

　　　　　　刘妍

　　　　　　鲁瑶

　　　　　　朱小天

封面视觉　　曾杏

内文版式　　王晓园

成长的诡谲之处，就在于一切不可预期，很多事确定地发生了，更多的事与人被改变。

——真实故事计划创始人　雷磊

目　录

第一章　又丧又生猛

毕业五个月，遭遇裁员

身在职场，有机遇也有挑战，有百折不挠前行的信心，也有随时蹦出的晴天霹雳，时刻保持警惕和前瞻性，尤为必要。

一

离圣诞节还有些日子，公司门口张灯结彩，立着一棵挂满星星的圣诞树。我正在工位上忙碌，忽然接到人事经理张蕊的消息："有时间吗？我们聊聊。"

我揣着几分紧张，跟着她进了旁边的小会议室。随后，另一个人事经理也进来了。张蕊率先开口："我之前听说你会写文章……平时还有什么爱好吗？"

我斟酌着词句，心里保持三分警惕。寒暄几句，她切入了正题："爱好广泛对公司来说不一定是好事。公司最近有一定的人员变动。虽然很不舍，但年会上，老板也说起过公司的271法则（前20%是优秀员工，中间70%是普通员工，后10%是落后员工），我们是要末位淘汰的。副总希望你在元旦之前离职。"

说出这话时，张蕊露出尴尬和无奈的笑。三天前公司年会，她还笑盈盈地夸我裙子好看。没想到才过了几天，谈话的内容已经天翻地覆。

往前倒半年，我无论如何也想不到今天的场景。

2018年秋招，我被宣讲会上所说的丰厚福利吸引，拿到offer后，就和上海这家互联网公司签下了三方协议。2019年3月实习，准备7月初正式入职。

我被分配到广告部门的海外应用组，导师是一名资深产品经理，三十岁出头，对我的要求很高。实习半个月的时候，她带我出外勤去了一趟陆家嘴，参加谷歌的产品出海活动。

过去在影视剧里才能看到的，上海最繁荣的地段，终于被我目睹。从环球金融中心66层的宴会大厅朝下望去，我好像看见未来风生水起的职场生活。

当初签offer时，公司给了一个工资区间，说正式入职后工资根据实习期表现定，所以大家实习期都拼命表现，一般晚上8点后才下班走人。

每天，我们都在猜转正后能拿多少钱，以为起码有8000元，而我觉得我的项目组好，学校又是211，说不定可以拿到9000元。

工作不易，福利待遇却足以弥补辛劳。首先，公司为实习生安排了8人间住宿；其次，加班有补贴，晚上10点后打车可以报销，周末在公司待满3小时，也能拿到加班费。

三八妇女节的时候，老板给每个女员工发了200元红包，连实习生也有份儿。公司给女员工放了半天假，组织我们去泡温泉。

那是我人生第一次泡室内温泉，穿着日式浴衣，走在暖和的木地板上，我打量着镜子里的自己，心底的喜悦抵达峰值。

两周后，公司组织新员工春游团建，老员工带我们去滴水湖自助烧烤。又过了一周，项目组内去看了一场电影。那段日子，公司每月都有生日会，节日有礼品卡和红包，办公室里每天都有水果，我吃到了之前从来没吃过的西梅。

有些瞬间，我隐约感觉，在这座超级都市的扎根之路，已经迈出了第一步。

二

7月初，我正式入职。本以为辛苦工作就一定能拿到高工资，没想到入职后，公司给每个人的薪酬都是区间内最低的。

公司整体的福利也被削减，周末的最低加班时长变成4小时，在末班地铁停运后打车才可以报销，水果零食也变成了两三天一次。

公司号称扁平化管理，没有明显的分工和等级，很多人在项目组之间来回转岗。最初，我应聘的是测试工程师，公司安排的岗位却是运营，而我的工作不光是运营、测试、产品助理……可以说除了敲代码和管钱，什么都要做。这样一来，很多工作变成了虎头蛇尾，半路终止。

原本公司规定的上班时间是朝九晚六，实际上到了晚上6点，公司一片安静，灯光下，大家仍然一动不动地盯着电脑屏幕。大部分人的下班时间都在晚上7：30之后，我自然也不例外。

有段时间为了赶一个项目，我几乎每天都是晚上8点以后下班，单程通勤时间50分钟，到家之后，早就过了9点。

搬离实习生的宿舍后，为了省钱，我和同事合租了一间老房子：便宜，但有各种各样的毛病。厨房在楼道里，马桶没有盖，满是发黑的污垢，洗手间的门也坏了一扇。即便如此，我们仍然想把生活过得好一点。

我买了刷子和洁厕灵，把马桶刷得干干净净；又跟室友一起，用电线把坏掉的推拉门和好的那扇捆在一起，防止它倒下来。公司园区的食堂饭菜太贵，我们买好各种厨具，每天做好饭带去公司，甚至还买了一个便宜的小烤箱。

有一个周五，我下班后心血来潮，去超市买了黄油、低筋面粉和芝士，忙到半夜，看着教程做出了几块仙豆糕。

时间一晃到了9月，公司安排应届生的转正答辩。不巧的是，我被安排在最后一个。答辩前两天，同期入职的一个研究生忽然在微信上找我，第一句话就是："我辞职了，明天就开始找工作。"

我惊讶地问起原因，他语气愤愤不平："我周末来公司打卡，结果被张蕊约谈，说加班费是给加班的人，不是给划水的人。那行，老子不干了！"

我心里羡慕，却不敢跟着这么横。他学历更高，也有人脉帮忙介绍面试机会；部门不同，简历也更拿得出手。而我没这么厚的底子，只能牢牢抓住眼前这根浮木。

整个9月，时不时就能听到哪个应届生答辩没过，被辞退或者被延期的消息，大家人心惶惶。有个男生，本科是学电子商务的，原本应聘的是市场部，最终被调去做安卓开发，他学了3个月，进展缓慢，理所当然地被淘汰了。

我不知道自己能不能转正，连着两周辗转难眠，烦躁不堪。由于害怕被末位淘汰，我在公司待的时间越来越长，答辩PPT也改了好多遍。偶尔在下班的路上，抬头看着月亮，我会在心里祈祷：我真的很想留在这座城市，请给我好运吧。

最终，转正答辩顺利通过。我作为一个新人，正式步入了职场大军。那天晚上回家途中，路边有人开着小卡车卖榴梿，每斤比超市里便宜几块，我和室友一咬牙拼了一个，回去后在饭桌旁吃完了它。

室友说："自从老王（她的导师）跳槽之后，我就成了我们组唯一负责产品的，还得同时负责项目的进度。我一个应届生，根本就没有经验，每次做不好就要被说能力不行。"

我不知道该怎么安慰她，有导师在，我倒是不用担心独挑大梁；然而公司资源有限，我的第一款产品只分了一个开发人员给我，很多功能无法实现，数据也不理想。每周周会上组长都会提，希望我能想想办法，可我想到的办法，根本无法实现。

我们沉默了一会儿，她说："没事，只要一个月有这么一次开心的时候，我就能撑下去。"

我咬了一口榴梿，拍拍她的肩膀，说："咱们肯定会越过越好。"

三

10月底，我在微博上领养了一只猫，取名奶糖。从此，照顾好奶糖，成为我心头沉甸甸的责任。我甚至考虑等年后加薪，就换一间贵点、好点的房子，让奶糖也舒服些。

生活的转折往往猝不及防。人事经理提出辞退这件事之后，我瞬间一片混乱。之前在微博没少看过赔偿攻略，但从未想过，这样的事竟然发生在我身上。

我强迫自己冷静下来，说："根据《劳动法》规定，公司如果要辞退我，应该提前一个月通知……"

张蕊飞快地打断了我："是，没有提前一个月通知你，所以公司愿意给你 N + 1 的工资补偿。"

我不知道该怎么往下接，但我知道，必须尽快终止这场对话，回去再查查资料。我想了一会儿，提出公司应该再把之前说好的年底双薪支付给我，果然被她们拒绝。于是我只好提出，既然暂时无法达成统一，那就过两天再谈。

下班后，我去询问新媒体写作时认识的一个律师，她说明天帮我问问同事。第二天午休，我跑到公司楼下的园区湖边，给律师姐姐打了个电话。

她说："下次跟人事经理谈话一定要手机录音，并且咬死了你不是过错方，他们是非法辞退。如果公司没有提前一个月通知，他们该赔偿你 N + 1 个月的工资；如果按非法辞退，他们应该赔偿你 2N 个月的工资。你入职已经满半年的话，怎么算都应该至少赔你两个月工资。"

我把这段话牢牢记在心里。电话挂断后，我在湖边站了一会儿，那天上海特别冷，风里还带着一点毛毛细雨。

我回到办公室，身边的同事吃完饭，已经趴在桌上睡了，而我毫无困意，反复在心里揣摩着说辞，等待第二次谈话。

接下来，我度过了工作中最难熬的两天。离职已成定局，组长不再给我分配新的工作任务。我将之前做过的东西打包上传到网盘后，便无事可做，但害怕被公司抓住错处，只好装作若无其事的样子，打开应用商店浏览别人的产品。

圣诞节过后，两位人事经理再次找到我，问我考虑得怎么样。我把心里演练过无数遍的说辞讲出来。张蕊笑了："你可能误会了什么吧。你的入职时间是 7 月 2 日，到现在还没满 6 个月呢，这个 N，我们只能给你按 0.5 算。"

我没料到还有这一出，顿时愣在原地，忽然明白，他们为什么希望我元旦前走人。这一个星期的时间差，公司不但不用为我缴纳 1 月份的五险一金，还能少赔我半个月的工资。

"不过呢，考虑到确实快过年了，加上你们应届生过渡比较困难，公司还是很照顾你们的。"张蕊说，"上次说的年底双薪，经过协商，决定多给你半个月工资。"

我猜到，这就是公司打一棒给个甜枣的做法，目的就是让我快点走人。随后，她们拿出一份协商解除劳动关系的协议，上面详细写着赔偿金额、工资结算截止日期以及五险一金缴纳截止日期，而最后一条，则是让我承诺放弃一切追诉和劳动仲裁的权利。我不确定这份协议中是否有陷阱，便提出第二天再签字。

之前，公司已经陆陆续续有应届生被辞退，当初校招进来的 40 人，如今只剩 20 个出头。当晚，我在微信上询问几个之前被辞的同事，协议是否有问题，顺便得知了他们的近况。

大部分应届生被辞退后没有再找到工作。实习期和我关系不错的小宋，原本是应聘产品的，却被调去做了技术开发，同样没能度过试用期。

我曾在朋友圈刷到一条小宋发布的转租消息，问过后，才知道她写代码能力不够，做产品又没有工作经验，离开公司后迟迟找不到工作，房租都交不起了，不得已，只好将房间转租出去，搬去和上海的闺密挤一挤。

同样，11 月被辞的小樊也在上海找了大半个月工作。由于她内部转岗经历混乱，只有一家月薪 6000 元还单休的公司愿意聘请她做运营。于是她先回了家，打算年后再来上海。

小樊的父母之前跟亲戚夸下海口，说她在上海找到了好工作。如今她被辞退，父母觉得丢人，不许她在家待着，小樊只能暂住在姑姑家。

我心有戚戚焉，不知道该说些什么。小樊得知我被辞退，非常惊讶："公司连 211 毕业的也不要吗？"

我苦笑："毕业之后，区区一个 211 能顶什么用？公司今年解散了好几个项目组，形势惨淡，辞退应届生恐怕是成本最低的了。"

四

确认条款没有问题，第二天，我在协议书上签了名。交接完手里的工作，当天下午我就收拾东西离开了公司。

离开前，导师找我谈话，告诉我公司平台有限，留下不一定是好事，走也不一定是坏事。她说："我教你的东西你牢牢记着，以后不管做什么都是能用上的。"随后，张蕊又找到我，发给我一份简历模板和面试注意事项，还亲自教我简历上最重要的几个部分应该怎么写。

我说了好几遍谢谢。还是那间小会议室，灯光洒在她的脸上。张蕊说："去年，你们是我一个一个招进来的，现在又要我一个一个把你们送走，我心里真的挺难过的。但这是公司的决定，我也没办法。"

我点头表示理解。之前某网站的事闹得沸沸扬扬，在市场大潮中，无人百分之百安全，我很清楚这一点，但总觉得只要足够努力，厄运就不会降临。显然，事实并非如此。

我的桌面上摆了很多东西：挂耳咖啡、红茶包、绿茶、代餐粉和膳食纤维粉、水杯、餐具、抱枕和小毯子，还有一盆绿植。收拾东西的时候，旁边关系还不错的同事不时看我几眼，我找她要了两个袋子装东西，她压低声音问我："这么快就走吗？"

我小声回答："是啊，公司希望我元旦前就办完手续。"

退掉大大小小的公司群，拎着大包小包离开公司，在钉钉上完成最后一次打卡。再打开时，我的账号已经被踢出了公司团队。

以前看电视剧，那些被公司辞退的员工抱着箱子走在大街上，总显得很凄凉。等事情落到自己头上，我才发现，心里更多的只有茫然。

我按照人事经理的指点写好简历，投了几家待遇还不错的公司，但一条面试通知都没收到。我心知肚明，年末本就不好找工作，再加上我作为应届生，工作经验不足，无人问津再正常不过。

公司通知我离职时，春节回家的票早就买好，如今也没法再提前走。好在我写过一些新媒体文章，这下便干脆缩在家里，安安心心写稿赚取房租。

不用早起上班，再加上写文章的灵感总是在深夜迸发，我的作息被完全打乱。每天凌晨四五点睡，中午 12 点才起床。比起之前那些烦琐而无效的工作，写作能带给我一丝成就感。接连一周全职写作后，我重新思考起自己未来的方向。

以前，我总觉得"北漂""沪漂"这样的词很遥远，真正做过一段时间的"沪漂"后，才明白异乡漂泊的种种不易。也怪我运气不好，正赶上公司的下滑期。

某天晚上，我和高中舍友视频聊天。她在家乡一家国企做财务，年底繁忙，但平时闲得要命，生活很安逸。她劝我："家里生活成本这么低，要不你回家租个房子全职写作好了。"

我早就考虑过这条路，但心里总有几分不甘。这样急匆匆地从上海逃离，总有种还没打仗就认输的挫败感。我说："走一步看一步吧，年后再来上海找工作试试，三四月份不是应聘季吗？"

她说："这样也好。"

挂断视频后，我去洗漱，奶糖跳上桌面，在键盘上踩来踩去，文档中留下了一长串乱七八糟的字符。我叼着牙刷抱它上床，把那些乱码一一删掉。人生里也有只跳来跳去的猫，忽然留下一串乱码。我无法删掉它们，只能向下续写了。

文 / 王苏琪

★根据当事人口述撰写，张蕊为化名

假装北漂

战胜恐慌和焦灼需要内心强大，美好自由的人生需要百般拼搏。逃避只是逃避本身，却始终不能解决问题。

一

我第一次见魏文彬，是在二中北门的网吧。

6月初的榆次有些闷热，网吧二楼只有拐角处放了一台立柜式空调，除了飘动的布条表明空调还在运转，人却感受不到丝毫凉意。

我像往常一样，占着风扇下的那台电脑打 DOTA（一款游戏）。刚点开游戏，就听到侧后方传来一个清澈的男声："请问这个位置有人吗？"

几个月来，我见的大多是穿紧身裤、豆豆鞋的社会青年，满脸写着"我是老大"，这样礼貌询问的相当少见。我赶忙拿走放在旁边位置的水杯和书包，说："没人，没人。"

这人25岁左右，穿着几年前流行的格子衬衫和帆布鞋，头发像是几天没洗，但胜在长相清秀，像20世纪90年代苗条版的谢霆锋。

他熟练地开机，也是玩DOTA。我在一次三连跪之后，见他也刚好结束一局，邀他组队。他游戏昵称叫"月亮与六便士"。

"哥们儿，你是榆次大学城的学生吗？"我好奇地问道。

他神色有些不自然，回我："早毕业了。"我见他似乎不大高兴，没再问下去。

到晚上7点，我回家吃饭，临走前加他微信，成为steam（一个数字游戏社交平台）好友，得知他叫魏文彬。

第二天是星期一，我照旧下午1点到网吧。学生都上学去了，这天人非常少。坐了一会儿，魏文彬提着两瓶矿泉水过来，递给我一瓶，我俩继续在电脑前开战。

经过两天的接触，我发现魏文彬平常沉默寡言、很有礼貌，但一打游戏就变得特别跳脱。

有次和队友配合不当，对方开语音骂了一句，他立马回怼。然后他继续像机关枪一样骂个不停，直到那人主动关闭麦克风。

和性情相投的人一起开黑，显然比我单排有意思得多。而且他操作相当厉害，我和他开玩笑，说："你当个职业选手不是问题啊。"

"打过高校联赛，但成绩一般。"他摆摆手。

边玩边聊，我们很快熟络起来。我有些恍惚，好像回到大学和室友一起开黑的日子：世界怎么变幻都和我们无关，只记得每晚10点要一起决战《遗迹》。

这天一起吃饭，魏文彬主动问起："今天星期一，你不要上学吗？"

"去年就毕业了，在家待业。"我指一下旁边的书包和水杯说，"准备考公务员，和家里说去图书馆学习。"

不知道是什么原因，我看到他脸上突然泛起一片潮红。

二

魏文彬喝了些酒，开始讲起自己的故事。

他从小聪明，高考是班里的状元。2016年，他从北京一所重点大学的中文系毕业。

那年高考成绩公布后，几个落榜的同学很发愁，魏文彬一直想成为职业电竞选手，他手一挥，说："以后给我来提键盘就行。"

优异的成绩令魏家父母扬眉吐气，以为儿子摆脱四、五线小城市的禁锢，前途从此一片光明。但没想到，离开管束的魏文彬，像一匹脱缰的野马，在大学的"自由教育"中彻底失控。

大学四年，魏文彬每天都在宿舍看剧、打游戏，陆续挂了十几门课。大四实习时，他也找借口没去。2016年3月，魏文彬即将毕业，正赶上媒体口中的"史上最难毕业季"。

学校举办校招会。魏文彬午睡醒来，揉着眼睛，趿着拖鞋去会场。"那时有很多世界五百强来我们学校招人，公司介绍都能列好几页。我舍友听说有个国有银行的岗位，20万人报名，只招20个人。"

魏文彬遛了一圈，看见同学都排着长队，等待着交简历，人人面带微笑，自信满满地向人力资源介绍自己的实践经历，他突然感到强烈的自卑和恐惧。

他悄悄挪到拐角，找个人最少的棚子，填了一张表。几天后被通知复试，稀里糊涂地签下了一家新媒体公司。

公司处于初创阶段，有很多事情需要做，每个人都身兼数职。魏文彬懒散惯了，受不了晚上8点下班，还要挤一个多小时地铁回出租屋。他连试用期都没过就辞了职。"这公司朝不保夕，老板只会空谈。"

之后的工作一个不如一个。他曾在丰台一个小区里当网文编辑。公司在公寓18层。80平方米的房子里，密密麻麻摆了20多台电脑。大家挤在一起，只留下一个靠窗的单间，放置老板巨大的办公桌。

他每天的工作，是编辑以"震惊体"为开头的新闻。比如某个明星出轨，组长会让每个人写8篇关于这个明星的文章。内容真假、语句通顺与否都无所谓，甚至可以洗稿，只要软件检测原创度达到80%，就能交差。"大部分文章都没人看，公司只是发这些来养一个个账号罢了。"

毕业后在北京的一年，他换过3份工作，一共上了8

个月的班。

第 8 个月，他辞职，用剩下的工资支撑生活，在出租房里玩了 2 个月游戏，终于向北漂的日子投降，逃回家乡。

三

小县城对落魄的归乡者魏文彬并不友好，似乎衣锦还乡才是标准姿态。

起初，魏文彬还会每周去运城面试，但总是碰壁。他不愿意干销售类的工作，嫌辛苦；办公室文员的工作，又嫌工资太低。

厌烦了奔波，魏文彬应聘到离家不远的一家修车厂。老板说缺一个车辆信息登记员，问他会不会用 Excel。他想到学校登记处的老师，一边逛购物网站一边录入信息，觉得这个工作不错。

"我其实不大熟练，但还是和他说：'我很擅长。'"

上班之后，他才知道自己的主要工作，是第一时间迎上去问顾客要修什么，报价格，打开车盖记下车架号、里程数，最后还要推销车险。这样一套流程，一天要重复一二十遍。

魏文彬知道自己早没了挑剔的资格，还是坚持了几天。在修车厂，他遇到了小学同学，"他初中毕业去学汽修，跟这老板干了好几年，如今已经是厂里的大师傅，工资是我的两倍多。"

修车厂包吃住，每天中午工人们聚在大圆桌上吃饭，说说笑笑。他能听懂当地的方言，但不会说，加上生性内向，所以和大家格格不入。

"我有几天把饭端回自己工位吃，但一想总要融入，第二天就又回到圆桌上了。"

同事们好奇问他上学都学了些什么，他说就是看看书，什么也没学到。

"那你这大学上了个什么劲啊。"一个同事嘲笑道。而魏文彬只想找个地缝钻进去。

第二天，魏文彬一早去和老板辞职，免得被同事看见，前一天的事情他还心有余悸。老板说多算一星期工资，他没要。

辞职手续办完，魏文彬到厨房取回自己吃饭的碗，撞上小学同学。同学得知他要走，埋怨他："怎么不提前说一声？"他沉默以对。

后来魏文彬回忆起这件事，自嘲说："小学时，我和他关系很好，可现在我不仅没用，连做人的礼数也不会了。"

从汽修厂辞职后，魏文彬开始赖在家里不出门。"父母每天上班走了，我就开始洗碗、拖地，跟个家庭妇女一样。"他的话对"家庭妇女"不甚友好，但在家务这件事上，他可能还比不上别人。

唯一和外界联系的时刻，是傍晚出门透口气，但必须等到晚上 7 点半以后。出门早会碰到刚下班的邻居，"特别是四楼那个讨厌的阿姨，不停地问我找到工作没有，顺带提一下自己没考上大学但现在能挣不少钱的儿子"。

很快就到了春节，魏文彬的遮羞布被亲戚们扯了下来，言语之间透露出"读那么多书也没什么用"的鄙视。

终于忍受不了，魏文彬向父母提出要回北京工作。

四

实际上他没有再次北漂，而是逃到我的家乡榆次蛰居。

毕竟北京光房租一个月就得 2000 元钱，而半年多不上班，甚至不见人的生活，让魏文彬已经对面试、找工作产生恐惧。

其间，魏家父母打电话问起冷暖，他立刻上网查询北京当日的天气来应付。

"为了演得真实一点，我还会在朋友圈转发一些和工作相关的文章。"他说。

"怎么我从来就没看到过？"我问。

他有些不好意思，回答："之前把你屏蔽了。"

我们喝了些酒，魏文彬把过往都告诉我，我也分享了自己的失败经历。

待业在家的这半年，我虽不像魏文彬那么惨，但也十分苦闷。我高中的历史老师很有人格魅力，高考填志愿时，我没有多想，选了喜欢的城市武汉，去读历史。大二一堂课上，老师站在讲台上，说："人一生最大的目标就是追求自由。"原本昏昏欲睡的我，在最后一排猛地点头。

大学毕业回到榆次后，一次次求职考试失败，我陷入深深的自我怀疑中，和父母的关系也紧张起来。和魏文彬一起打游戏、吃饭，成了我一天里最高兴的时光。

有时候，我真的会去图书馆学习，他则去大学城找一些兼职赚钱。但每个星期总有三四天时间，我们会到那个网吧相聚。

魏文彬抽烟，有钱时抽14块一包的利群，没钱了就换成5块一包的红河。我试着抽过一次红河，被呛得直咳嗽。

我问他："你抽这烟，不怕得肺癌吗？"

"好过没有。"

魏文彬来榆次的时候，带着一些钱，估摸几个月过去，也花得差不多了，我时常想要接济他。父母埋怨我不争气，可只要开口，他们总会给我钱。不过他从来不占我便宜。

家里没人抽烟，但我爸搞装修，常会有房主送上好烟。我偷偷从爸爸藏烟的冰箱里，拿了一包软中华给魏文彬。

我们在锦纶东街的市场里吃烧烤，他深吸一口，嘴吧唧一下，说："怎么有股腥味？"

我压低声音，说："加了料的。"

魏文彬谨慎地看了眼四周，问我："大麻？"

看着他惊慌的样子，我足足笑了几分钟，周边的人像看傻子一样看着我俩。

等我平静下来，魏文彬突然感慨地说："要是能在大城市挣工资，在这样的小城市生活该有多好啊。"

"物价低的小城市那么多，你怎么单单选了榆次？"我问。

他支支吾吾地不肯说。我一再追问，终于得知，原来他高中喜欢的一个女同学，曾在榆次读大学。

离家之前，魏文彬摊开山西的地图，本想着闭眼随手指个地方，指到哪里就去哪里。到了火车站，他鬼使神差地买票来了榆次，没有去原定的地方。

"她现在还在榆次吗？"我问。

"在西安读研。"

"你怎么不去西安找她？"

"总不能让她看见我现在这副样子。"魏文彬看了我一眼，"你一定觉得我非常可笑吧？"

五

我们相识的一个多月里，像多数无所事事的大学生一样，在落日余晖里走出网吧，在饭桌上喝酒、吹牛，甚至互相打趣对方是"废物"。

很难说清楚，那段时间是不是真正的快乐。但就像兵临城下还在寻欢作乐的皇帝一样，我们还在假装不问世事。

有次魏文彬问我："你说，人这辈子有没有机会不工作？"我带着他去最近的福彩站，请他买了五注彩票、两张刮刮乐。我们一边猜着数字，一边幻想：如果中大奖，就真的不用担忧以后了。可我俩连一块钱都没中。

傍晚从福彩站出来，我一转头，看到刚刚放学的二中学生，背着和我一样的书包。我感觉自己像是在脱离这个压力重重的真实世界。

魏文彬突然开口说："我们是被历史遗忘的一代，我们的时代没有战争，没有经济大恐慌，我们的战争是心灵的战争，我们的恐慌就是自己的生活。"这是他最喜欢的电影《搏击俱乐部》里的台词。

而后，他沉默了。我猜想这沉默背后，同样藏着分裂的自我。我们都害怕无聊的生活，厌恶复杂的人际，在精神上高呼独立与自由，但在行动上，始终缺乏自制，习惯性地半路后退。

6月下旬，我照常去找他打游戏。到了网吧看到网吧大门紧闭，魏文彬一个人抱头坐在台阶上。

据隔壁饭店老板说，一个10岁的孩子先在这里上网，然后去河里游泳，溺死了。家长闹事，文化局把网吧封掉了。

魏文彬眼神空洞，低头看着自己的帆布鞋，像回到了我们刚认识那天，一言不发。许久之后，他才抬头，有些不甘心地说："我卡里还充了50块钱呢。"

我拍了一下他的肩膀，说："喝酒去。"

他先是答应，然后毫无预兆地哭了，说："我不能再喝酒了。烟、酒、游戏这些东西，会给生活带来一种幻象。就像打赢游戏一样，常常给人成功的错觉，让我们忘记现实的困境。"

那个不幸去世的孩子和被封掉的网吧，让我俩再次意识到，我们依旧生活在这个残酷的世界中，一切都没有改变，甚至比一个月前更糟了。

魏文彬把自己包裹在一个连环的谎言之中，每日疲劳地应对家人和朋友的询问。他看不到希望，甚至不知道钱花光之后，要去哪里吃饭。我不知道如何安慰他、帮助他，就像我不知道怎么改变自己失败的生活。

我骑车送他回到出租屋，然后独自去高中学校前的广场上，发了一整天呆。

六

6月25日下午，我去玉湖公园旁边的出租房找他。他说要走了，去西安。

那天我俩没有去网吧，而是坐公交车去传媒学院转了一圈。在学校食堂吃过晚饭之后，我俩坐在一片荒地上聊天。

我问他怎么突然要走，他说："去找她。"我舍不得他走，怕陷入孤单之中，但也没有劝他留下的理由。

过了一会儿，他问我："你是学历史的，我们这个时代，是中国历史上最幸福的时候吗？"

我想了想，说："算是吧。马克思把人类社会分成三个阶段：人对人的依附；人对物的依附；人的独立与全面发展。我们现在算处在第二个。"

"人对物的依附是什么意思？"

"就是现在已经没有封建社会的人身依附了，理论上你是自由的，但为了生存所需的物质资料，必须去劳动。"

他想了很久，问："那是不是说，我每多拥有一块钱，就离自由更近了一步？"

我点头，说："可以这么理解。"

"回吧。"他像是找到了答案，掐灭手中的烟。

坐公交车回去的时候，经过之前去的彩票站，他扭头和我说："逃避是没有用的，一起加油吧。"

第二天临别之际，我执意给他买了火车票，说："我是真心把你当兄弟。"他没再推辞。

7月，我事业单位考试又一次失败，懒得再复习，随意找了份工作。刚入职的不适，让我很难有心情再打游戏。

初秋时节的一个周日，我打开游戏登录器，发现他的账号和我一样，已经两个多月没有在线。

但在几天前，我在朋友圈刷到，他和一个姑娘在大雁塔前合影。他脸上带着发自内心的笑容。我知道，这个姑娘不可能是别人。

我在下面评论：你左拥右抱的时候，还记得那个带你躺赢的电竞陈信宏吗？

　　魏文彬很快回复：过年回去了请你吃好的，孙子才不来。

文／李祎玮

我把二房东告上了法庭

只身闯荡北京，从来不是易事。遭遇阴谋骗局时，坚守底线、坚决维权更是难上加难。

一

前年5月，我来到北京。顶着太阳看过几轮房后，我终于对北京租房有了一个直观的认识：贵。四环内随便一个次卧都2000元起，海淀、朝阳更是接近3000元。五环外相对便宜，但是感受了早晚高峰沙丁鱼罐头一样的地铁后，我果断放弃。

为分担房租压力，我和一个要好的朋友决定合租。

当时我刚大学毕业，连毕业证书都还没拿到，就坐火车来到北京，进入一家互联网公司做新媒体运营。年轻人血气方刚，没什么复杂的念头，就想在这里好好奋斗打拼。

看过网上各种租房信息之后，我们锁定了太阳宫一间16平方米的隔断。这间房距我们上班的地方不远，从小区到地铁站，步行不到两分钟，每月2300元。我和室友商量了一下，觉得还行，定了下来。

这套房子并非房东直租，是跟二房东签合同。

所谓二房东，就是个人在小区承包几栋楼做出租的行当，没有公司保障，胜在价位便宜。相关部门一直在打击这个行当，可还是不计其数。

签合同的时候，二房东特别和气，一副好好先生的样子。

我们看过房子之后说，夏天到了，房间又朝南，希望他能给我们安好窗帘。冰箱也被之前的租客占满，最好能换个大一点的，实在不行由他出面给我们腾出一格也好。

他点头答应："好嘞，你俩放心，等你们住进去的时候肯定全都办好。"

接下来的事情证明，我们还是太年轻。

首先是承诺安装的窗帘没有兑现。我打电话追问，他说下周就安。那时北京的夏天已经到来，靠窗的位置被晒得炽热，我和室友懒得计较，不愿意为了几十元钱再受煎熬，于是自己花钱网购了窗帘。

至于冰箱，还没等我们催他更换，制冷就出现了问题。

一个租房租了蛮久的大姐说："别奢望二房东给你们修了，他贼得很，能拖就拖，能不花钱就不花钱。"

原来，大姐也因为冰箱太小和二房东交涉过，结果他总是一拖再拖，拖到最后，大姐只好自己买了个冰箱。

她告诉我们，总不至于因为这点事跟他闹翻吧，能自己解决就自己解决吧。找他维修，除了磨嘴皮子，一点用都没有。

我和室友说，看他也不像无赖啊，签合同的时候，人挺好说话的。

大姐意味深长地笑了笑。

我和室友在网上买了个 50 厘米宽的小冰箱，心想就这样吧，房子到期就搬走，以后租房不能再贪小便宜了。

可还没住几天，空调又坏了，躺在床上好像置身于蒸笼。我给二房东打电话，他说马上喊维修师傅过来，可等了一天，也不见人来。

我气得差点儿发疯，在电话里跟二房东吵了起来，细数他的不厚道。他回一句："又不是不给你修，你脾气怎么这么急，几天也不愿意等。"

没承想，又变成了我们的不对。

晚上 8 点，维修师傅姗姗来迟。我和室友发起牢骚，师傅说他 6 点多才接到电话，已经来得很快了。

二

和二房东的几次不快，让我们身心俱疲，预感到今后可能有更多麻烦，有了提前退租的念头。可考虑到再次找房的艰辛，以及一笔数额不小的违约金，我和室友犹豫了。

一天，朋友来北京玩，恰好室友在上海出差，我让朋友住我这里。接他回来的车上，我对朋友讲起了租房的烦心事。

司机师傅突然插话，说："小兄弟，听哥哥一句话，搬吧。"

我有些吃惊，追问他为什么。

师傅问我是不是住在某小区，我点点头。他说要给我讲讲这里面的"猫腻"。

他说，这个小区的房源被一群人垄断，他们抱团经营，在把房子低价出租后，就不再管房子的配套设施问题。

"等你入住几个月后，他们就以房子违规搭建隔断被人举报，需要临时拆除，或者房东不再出租为由，让你搬走。"师傅继续说，"如果不搬，就得租他提供的更贵的房子。"

"那违约金总得退吧？"

"想都不要想。即便去派出所，也会被告知私下协商解决。你们都是上班族，哪有时间跟他们耗着？"

司机师傅的一席话让我有些害怕。当晚，我顾不上跟朋友叙旧，连夜在网上搜了这个小区的信息，涉及租房的词条，都包含着一个词：黑中介。

网上有各种揭发、求助帖，情形大多是入住没多久就被二房东驱赶。最常见的理由是交租那几天，二房东不接电话，时间一过，就说你违约，让你搬走。要是不走就扔行李，断水断电。

多数北漂上班族耗不起，最终只能认栽走人。

当我搜索"黑中介"或者"二房东"时，网页上充满了无数条租房防骗指南和租房受骗新闻。"某地铁站附近小区二房东多为骗子，专盯大学毕业生""二房东背后捣鬼3万元租金被骗"，光是标题就看得我一身冷汗，越想越怕。

第二天，我对远在上海的室友说明了情况，我们决定尽快搬走。

我们给二房东打电话，找了个借口说，由于工作调动，住在这里实在很不方便，想搬走，违约金如数支付。但我们已经交了四个月的房租，住了还不到两个月，依照合同，扣掉违约金后，还得退一个月房租。

他满口答应，说最近手头有点紧，等下个月另一户交了房租就把钱退给我们。

我留了个心眼儿，把通话录了音。

从9月等到11月，他一拖再拖，推托的理由五花八门。最后一次打电话时，他放出了狠话："我就是不想给你们了，你俩爱咋的咋的吧。是打一架还是怎么着？要不去法院告我也行。"

好吧，如他所愿，法庭上见。

立案本身并不复杂，我们咨询了司法热线，基本没有什么周折，就完成了前期的立案过程。

为稳妥起见，我咨询了一个学民法的朋友。他告诉我，不建议走民事诉讼，不是怕输，是太麻烦了，可能会花费很多时间和精力。碰到胆子小的还好说，对方看见法院传票可能会私了；碰见无赖，光拖就能拖得你精疲力竭。

"反正闲着也是闲着，就折腾折腾呗。何况，还真不是钱的问题。"我说。

我打定了要和这个二房东斗争到底的主意。

很多人放弃了维护自身权利的念头，权当自己吃亏受骗，最后事情不了了之。我不能这样。如果这样认栽走人，我内心的某条底线势必被击碎。一个月房租不算什么，我就是要争这一口气。

三

我们下午 3 点来到立案接待室，被告知已经不接待了，让改天再来。

第二天下午 1 点钟，我们来到接待办排队等号。终于轮到我们后，又被迅速地拒绝了。原因是不知道被告人在北京的居住地址。

这可把我们难住了，当时签合同的时候留了彼此的身份证复印件，只知道二房东的户籍地址。对二房东在北京的居住地址，我们无从知晓。

后来我灵机一动，用别人的电话假装快递公司打电话给二房东，说出于物流原因，他有一个快件地址被污渍掩盖，投递失败，希望他重新提供一下住址。于是，我成功骗到了他在北京的地址。

立案成功后，又过了差不多一个月，我和室友接到电话通知：我们的案子将于下周一上午10点审理，希望我们准时出席。我重新整理了一下之前的通话录音以及合同收据，确保没有什么遗漏。

终于迎来了开庭，虽然我们花费的时间和精力，已经远不止当初想要回的2300元。

朋友劝我放弃，不理解干吗这么拗。我说，只是想让他们作的恶付出哪怕一点点代价。正是作恶成本低，才会让他们有恃无恐。如果有可能的话，我还真想当着面怼他一句："继续牛啊！"

开庭那天，二房东没有出席。书记员当庭打电话，他回复说不在北京，签收传票的不是本人，他本人并不知道出庭的事。

庭长似乎习惯了这样的回复，没有一丝惊讶的表情。

我坐在原告席上小心翼翼地问："庭长，不是说可以按照缺席审理吗？"

"可以缺席审理，但你这案子还不到这一流程。"庭长耐心地解释说，接下来，法院要再给他的现居住地址寄传票，无人回应就给他户籍地寄，还是没有回应的话，就登报。等这些流程都走完了还不出席，最后只能按照缺席审判。审判结束再交由执行厅的同事去执行。

"那这次你们先回去吧，等我们工作人员的电话通知。你们这种案子虽然好判，但拖的周期比较长，拖好几年的都有。要不你们私下再沟通沟通？"

"没事，"我坐在原告席上一字一顿地说，"我们有的是时间。"

四

半年后，我再次接到法院的电话。法院的工作人员问我们："你们私下有什么进展吗？我们寄往户籍地的传票已经被退回。现在你们可以选择登报公示，3个月后我们就可以按照被告拒绝出席的情况，做缺席审理，当然公示的费用需要你们出。"

我用眼神征询了一下室友的意见，他点点头。我回复："那就公示吧，费用我们出就是。"

电话那头似乎听出了我们的犹豫："或者你们撤诉也行。其实你们要追回的钱数太少，审判的时候都不一定能够达到进入征信黑名单的量级。"

我明白他的意思了，回复他："一周内会去办好所有公示的手续。"

后来我们赢了官司。法院判二房东赔偿一个月房租，外加各种损失一共6000元。对方拒不执行，被强制拉入征信黑名单。直到去年10月，他逼不得已找到我们。我和室友没多说什么，接受赔偿，撤诉。

我们终于让恶行付出了代价。

更重要的是，我守住了心底的那条线。

文 / 王闯

职场隐形暴力

紧张、焦虑的职场，往往伴随着隐形的欺凌，占据职位与年龄优势的上级操控新人，目的却不仅仅是工作。

一

"新领导挺好，但我还是大气也不敢出，怕被说不行。"小王在群里说。

名叫"你很行"的微信群里一共5个人，都是和小王关系要好的前同事。这些人之前关系也没有这样好，整天挤在一个几十平方米的格子间里，不常说话。微信群在小王离职前夕才建立，那时她对前领导的不满达到极限，急需情绪发泄口。

"我今晚大概又不能回家。"这是小王在群里说得最多的一句话。

公司在行业里有点名气，孵化网红，四五百人的规模算是同类型中的佼佼者。

那段时期，小王每天加班到深夜。零点后的国贸，同时用三个软件叫出租车都显示排队。看了一眼专车价格，扎心的数字叫她打消了念头。家住昌平，月薪不过万，专车三百一趟不给报销。

2019年入冬以来，北京已经下了好几场雪，雪盖住马路和枝丫，街道行人稀少。写字楼外只听见北风苍劲的呼啸，小王觉得这个冬天比以往冷。

这样的夜晚，小王有时在公司凑合着到天亮。她在公司准备了牙刷、牙膏、毛毯、卸妆巾和洗面奶，为了使皮肤不至于被暖气烘得太干燥，她从楼下便利店买来5块钱的儿童霜。一晚上工作结束后只剩几个小时，天常常在她眼皮底下就亮了。

有时她站在窗边，想看一眼远方的太阳，但太阳被高楼大厦一层层掩住，无论怎么踮起脚，只能看见一片昏暗的鱼肚白。

7点，平时在家起床的铃声照例响起，这会儿成了提醒她打卡的工具。楼下的早餐店开始营业了，但小王减肥，只需要吃几个鸡蛋。煮鸡蛋淋上办公室柜子里现成的酱油和醋，仔细一看，日子竟然过得比家里还齐全。

小王并不抱怨工作辛苦，她早就做好了北漂吃苦的准备。叫她不解的是领导的态度。

"我并不觉得你加班就是辛苦了，也不觉得加班是一件值得表扬的事。加班说明你平时工作效率低下，你不行，才会来占用工作之外的时间。你要想，你加班到天亮，公司还得付出相应的调休和水电费，这样一来，公司雇佣你亏了多少钱？"

　　同画饼不一样，领导在批评下属这件事上表现出和言行前所未有的统一性。她声称小王的加班是无用功，有时连她提的加班申请都不通过。

　　没有加班申请，打车费也就不能报销，小王过了地铁运行时间不敢再回家，公司几乎快成了她的家。可领导不觉得自己的做法有问题，开会时同众人说："我不倡导加班，这是为了提高大家工作的积极性。"

　　领导今年35岁，剪了一头齐耳短发，最喜欢橘色的眼影和腮红。她有时看着不太像职场女性，听说之前是模特，试过当演员，时代红利下转型做了网红。

　　不谈论工作的时候，她有一种男人的江湖气，只要一到工作上，性格就特别急躁：做不好，就是你不行。

　　起初，小王觉得领导的说法没问题。她努力说服自己，既然是领导，必定有过人之处。刚进公司的时候，她非常喜欢这位领导，漂亮，自信，会说话。

　　都说年轻人在职场上碰着一个好领导如同拿到一块好的敲砖石，领导教你各种方法论，与你分享资源，用经验为你开启一条通往职场成功的大路。

　　年轻人都是这样一代一代被教导的，也都在各自的小圈子里互相传递这样的道理。翅膀不够硬、专业不够扎实的情况下，一切好好听领导的，领导说什么就是什么，领导让干什么就干什么。领导骂了就好好受着，咽不下肚，不是领导有问题，一定是你玻璃心。

小王和所有年轻人一样，谨记着这样的道理。事实上，这个漂亮领导也不常骂人，她对小王说得最多的就是"你不行"。

小王加班到深夜做出来的月报，她说"不行"。至于不行的原因，她没有具体给出，简简单单瞟了几眼，说了些无关痛痒的意见，接着对小王的工作方式提出质疑："你为什么要这么做这件事？它的逻辑在哪儿？规则是什么？你是怎么想的，不敢相信这是一个成熟职场人士做出来的东西。"

二

一连串否定让小王有点蒙。月报这件事，她已经做了半年，每个月做出来也没人看。她不过是从半年前离职的同事手里接过这个活。离职同事告诉她怎么做，规则是什么，具体规则也不是那位离职同事创立的。追溯下去，要从人力资源表里找到这个岗位上的始作俑者。

可能都没有这样一个人存在，小王想。为什么到了她这里，领导开始变着法挑刺呢？是不是看不惯我，对我有意见，变着法让我走？小王揣测。

"小王，我绝不是对你个人有意见，就这个工作来说做得确实不好，你不行。你该好好反思下自己。"

小王苦思冥想。被反复挑刺的月报修改一星期，最后按照第一版发布了。通过那天，她在办公室喜极而泣。那天发生了什么，她一点也没明白。

"你很行"群里同事 Ada 说，那天领导刚好谈恋爱，晚上急着约会。她的工作成果发到群里，领导一眼没看就直接过了。

小王终于明白，汇报工作有时候就和种田一样，出门前先看天气。朝霞不出门，晚霞行千里。天晴想收割，阴雨连绵的日子最好躲着。说白了，领导的情绪才是决定因素。

小王手上还负责着公司的公众号。尽管不是专业运营出身，也不太会写文章，但公司需要一个员工弄这个东西。老板没多想，直接让她上了。

"我对你的期望很简单，一周后，后台粉丝最好能过万。一个月后，最好能像新世相等公众号一样，产出对行业有影响力的十万加爆款。"

隔行如隔山，刚接触公众号的小王不懂十万加是什么概念。她买来一堆自媒体方法论的书。看来看去，发现领导的话如同扯淡。一个仅仅作为信息出口的企业公众号靠着一个人的运营能轻易产出十万加，叫那些动辄几十上百运营的团队情何以堪？

"两百的阅读量，我开会脸都丢光了，小学生来写数据也比这个好看。小王，你不能老这样，我给你很多次试错的机会，你不能做什么什么不行。"

小王不行的地方还不止这些。她刚进公司时做平台沟通，大多数时候在整理表格，和平台方顿着脸问候聊天。领导觉得她干活拖沓，沟通方式有问题，后来又批评她工作量不饱和。无论什么问题，对话的终点总会落到"你不行"上面。

小王被折磨出种种神经过敏的症状，已经想不起大学四年是怎么毕业的。她那时候很骄傲，每天练跳舞，走到哪儿都抬头挺胸，腰杆直直的。那是属于年轻和艺术的骄傲。如今一进办公室她就不自觉低头，每天精神恍惚，恨不得脑袋钻进电脑里去。

"对不起，我下次努力。"小王向领导道歉。

她只能道歉，次数多了，开始自我怀疑："我是不是和社会分离了？是不是缺乏独立生存能力？我是真的如她所说不行，要去回炉重造？"

22岁的小王想辞职。

三

Ada年底进群，得知小王有离职的打算，私底下劝她："忍着点，现在环境不好，别人都在裁员，找不着工作。眼看就要拿年终奖了，把这两个月混过去。"

嘴里这样说，Ada的日子也不好过。她对领导的服务，除了日常工作支撑，最重要的是提供情绪价值。工作中无论领导说得错与对，Ada从来都是第一时间迎合：是的，我们怎么就没想到呢，老板您太厉害了。

下班后，领导习惯在工作群里发消息，大多数时候都是不疼不痒的琐事。没有人回复，Ada唯有出面替领导挽尊。她的微信里存了几百个表情包，都是嘻嘻哈哈慈眉善目的，用来回应老板和合作伙伴。

小王不明白挽尊是什么意思。Ada解释："尊，就是领导的尊严。挽，就是挽住。领导说话没人听，尊严掉了一地是要发脾气的。这时候就需要有一个人出面挽尊。"

"难怪领导这么喜欢你。"小王说。

领导确实喜欢Ada，曾经公开说，自己从没用过像Ada这样顺手的员工，大家都应该向Ada学习。Ada苦笑，顺手是要付出代价的。哪怕休息日和男友在床上滚床单，老板突然打电话说失恋，她也会马上进入工作状态。

"你是要工作还是爱情？"男友问。

"这不矛盾。亲爱的，没有面包，哪来的爱情。"

领导见过Ada的男友，一个相貌平常平平无奇的男人，混在北京街上一抓一大把。"你值得更好的。"领导对Ada说。

领导对爱情的看法建立在外形与物质的基础上。她没结婚，每年要去固定的整形医生那里调整几次。Ada见过她以前的照片，二十出头的时候模样清秀，像影视明星唐嫣，后来整得越来越像少女。

女人的年纪和对相貌的追求总是相反，年轻的时候渴望一张成熟性感的脸，过了三十以后，便希望自己能向着少女的方向走起来。

除了在工作层面提供情绪价值，Ada 如此受老板喜爱，还有很重要一点就是她们有着一起整容的交情。这就好比男人一起出轨的交情，共享秘密，绝对信任。

Ada 自 27 岁跟着她工作，一年后，被带进整形医院割了双眼皮。她想不起自己那时怎么就进去了，后来又怎么接受了医生的建议开眼角。后来又填充了下巴，打了瘦脸针，垫了额头两边的太阳穴。玻尿酸这玩意儿跟营养液似的，要隔三岔五地补，Ada 年薪 30 万不到，一张脸就花去了一半。

早年来北漂的时候，Ada 望着国贸的高楼林立，发誓一定要在这里买套房。多年过去，不管在老家还是北京，她买房的欲望彻底被现实挤对下了，钱送给了整容院和每天挎出门的各种包包。她不仅精神上被工作改变了，一张脸也变得不一样了。

像小王这样二十出头的年纪，Ada 对人生的期盼是另一种方式，一种安详平稳的方式，但不知怎么就变成了现在这样。她不喜欢否定自己，活到 30 岁还否定自己，那她的存在还有什么意义。

尽管她不否定自己，领导却常常喜欢否定她。从工作到生活，从她的爱情到父母赐的那张脸，无孔不入。每次被否定她都赔笑接受，不反驳也不拒绝。

Ada 可能是公司里最了解领导的人。在她看来，领导工作能力平平，研究人性和心理学却很有一套。她的微信上关注了一系列 PUA 公众号，里面有详细教程，每次看完都会同 Ada 分享。由这些教程，她发展出一套理论，通过不断打击自信对下属进行精神操控。

公司的员工走马灯一样换。留下的，经过长期否定和精神操控，都被领导训得服服帖帖，沦为办公室里被领导"吸血"、供给情绪价值的牺牲品。

看着小王近乎抑郁的模样，Ada 明白这个二十出头的姑娘正站在悬崖边上，但她没法说太多。谁也不能纠正谁的人生。她在职场江湖里浸淫多年，到三十岁，仅存这一丝悲悯心，她无可奈何，也只剩下这一丝悲悯心。

四

安奈是打破 Ada 悲悯心的人。

这个姑娘比小王大了几岁，比 Ada 小了几岁，在公司待过一年。她平常不热衷打扮，浑身却搭配着颇有品味的小众品牌。

Ada 猜想，安奈的家境大概不错，一打听，果然，安奈在南方新一线城市有自己的房，是事业单位的父母给买的，来北京完全是为了体验生活。

安奈说话总是冷冷清清，同她本人的气质一样，回复同事和老板从来只有一句"好的"，或者一个表情。透过这种直截了当的回复，能明显感受到她的态度。安奈强硬的气场，倒使领导一反常态收敛起来。

"你上一份工作里也是这样回复领导吗？"Ada问。

"是。怎么？"

"现在领导都喜欢被舔着，相应地，再牛的员工在老板面前也要做舔狗。你过去在什么企业这么好混日子？"

"不好混，所以我最后把公司开了。"

半年前，安奈开除了上一家公司。那时候的上司是一个中年男人，长了一张油油腻腻的脸，不喜欢上班时间谈工作，却喜欢下班时间谈感情。安奈受不了，毫不犹豫把公司和领导一起开了。

来这里刚开始还好，领导是女人，安奈觉得，女人总不会为难女人。事实证明她判断错了，有时候世界上对女性最大的恶意往往来自女人。

工作上挑不出安奈的错，领导只能从工作之外的地方找，喜欢对安奈的日常穿着进行点评："你上身穿这么松，下半身就该紧点儿，不然太显胖了，还应该涂个口红，不然每天看起来很没血色。办公室虽然男性少，但你也不能完全放弃自己。我给Ada介绍了好多男朋友，你要是对自己上心点，下次也给你介绍。"

安奈每天都能听到这样的话，只要顺着她的话应和，一整天工作都会顺利，不理她，她情绪也就不太好。安奈觉得这里的工作氛围奇怪，一年下来，越来越不能聚焦在工作本身。

　　她想起校园时代，女生们在一个圈子里，异类被排斥，甚至遭遇专属女性的校园冷暴力。现在办公室就像那时的圈子。她不愿花费大量时间为老板提供情绪价值，也不愿像 Ada 那样，表面如鱼得水，暗地里打掉牙齿往肚里咽。

　　年底，小王恍惚着要抑郁的时候，安奈先将女老板和公司开了。那天很突然，安奈熬夜写了两星期的 PPT，按照领导的意思改了无数次，最后迎来她劈头盖脸一顿骂。

　　"你看你，做的这是什么东西！你自己对这个结果很满意吗？"

　　"请问哪里有问题呢？"

　　"问题还不够明显吗？要我为了这一个 PPT 浪费时间到什么时候。办公就十个人，你们花一天一夜几个星期做的事，我一个电话就可以搞定。让你们做是为了锻炼你们，提供学习的机会。简直太不专业了。"

　　"不专业您为什么招我来？还是说面试判断出了问题？"

　　加班半个月，这颗办公室里的定时炸弹终于爆炸。

　　安奈说："员工是否专业是通过学校完成的，工作后的学习只是跟随时代变化，不断更新个人意识和看法。当下时间被割裂成碎片，不可能通过一个项目、一个 PPT 突飞猛进，成为优秀行业大咖。

"所以您煞费苦心，让我们学习这种话是不成立的。达不到要求我深表遗憾，如果如您所说，一个电话就可以搞定所有人做的事，我建议您开除所有人。这样还能为公司节省大一笔费用。"

安奈说完就离开了。不仅领导目瞪口呆，旁边的Ada也感到震惊。这番话且不论对错，单是态度就让Ada觉得，自己一辈子也不可能对领导说出来，难道这就是性格决定命运？

受安奈影响，小王也离职了。小王长期被精神打压得几乎得了抑郁症，她说她要去找回自己"能行"的东西。"你很行"的群里接连有人离开，只剩Ada一个人陪在领导身边。

领导不在意下属接二连三离开。用她的话说，北京这个地方不缺人才，只要有钱，不愁招不到更好的人。有天夜里，她在工作群里转了一篇90后离职报告的文章。

文章里写，当下90后、95后离职率高，一言不合就撕老板、辞职，缺乏耐性和接受批评的能力，这对他们的简历和未来职业规划非常不好。

领导说，文章简直说得太对了，大家要引以为戒，不要学这些人。接着又补充，只要Ada好好干，年底给她加薪升职，让她成为仅次于自己的北京办公室主管，以后公司筹备上市，作为最忠诚的员工，她会想办法让Ada分到原始股票期权，不白干。

Ada 同男友讲起小王、女领导和安奈。男友问她，是羡慕，还是觉得她们过于冲动。

Ada 说："都有，现在出去找工作多难。"

"现在小孩不一样，环境不一样，不能以过来人的眼光批评他们。一代人有一代人的职业和生活追求，别替别人操心了。我倒想问你，是老板给你画的饼好吃，还是我给你做的糖醋排骨好吃？"

Ada 想了很久，回答不出这个问题。

文 / 舒月

在电线杆上跳舞

毕业实习，是大学生们第一次接触社会的窗口，心高气傲的新鲜人碰撞职场老司机，火花四溅。

一

2015年冬天，我们的专业课全部完结。大大小小的公司闻风而来。几天后，有人罩的去了三大运营商，不怕吃苦的去了各大设备商的流水线。我没人罩，又懒，整天躺在床上。

当时我正在构思一部武侠小说，打算存够十万字就放到起点上去。按照我的预想，这部小说一问世就要惊天地泣鬼神，根本就不用考虑工作。

我争分夺秒写小说，几乎足不出户，一日三餐靠外卖。每次下楼拿外卖，我都能看到几个零星的招聘摊位，一般都是些外包公司。大学生眼高于顶，宁肯去华为、中兴这样的大企业做流水线，也不愿意去小公司。

楼下有个摊位，摆了三天无人问津。守摊的是个中年人，穿着一套老气的夹克衫，膀大腰圆，头上一撮耸立的短发，黄白交错。他每天双手抱在胸前，扭着屁股看着学生们进进出出。

那天我去拿外卖，他叫住我："同学你是学通信的吧，要不要来看看。"

"干什么？"我问他。

"接光纤啊。"他做了一个爬电线杆的动作。

"累死了，不去。"我一口回绝。

他憨笑着拉住我，非让我听他讲下去。他说他就是公司老板，手底下七八个施工队，百来号人，电信局的一把手和他是老哥们，工程做不完，缺的就是我们这样有专业技能的大学生。

听到这里，我插了一句："说实话，我学了这个专业，但我真的不专业。"

"可以学啊。"他立即说，"你们大学生底子好，总会一点。"

我想起辅导员说过，没有实习证明就无法拿到毕业证，心里有点松动，于是问他待遇如何。他毫不犹豫地说："包吃包住，三千保底，多干多得，朝九晚六，逢雨必休……"

我被他的气势震住了，答应跟他干，要是不开心随时走人。

"放心，放心。"他拍拍我的肩膀，满口答应。

就这样，我将武侠梦抛到脑后，和另外三名同学来到老板的家乡——M县。后来我才知道，这里是个贫困县。

整个县城巴掌大，你要是在县中心的步行街发起冲锋，一不留神就跑到了郊外。

到 M 县的前两天，我们都碰到了下雨天，不能高空作业。老板让我们先练习熔接光纤。他把光纤熔接机摆在我们面前，我们大眼瞪小眼，笑容尴尬。

读大学的时候，我们天天在召唤师峡谷游荡，记得每一个英雄的每一个技能，眩晕时间能精确到零点几秒，也能绘声绘色地讲述每一个英雄的背景故事。但是，作为一名通信技术专业的大学生，我们连六芯的纤序都没法背出来。

老板看着我们束手无策的样子，嘴角牵出一丝干笑："要不这样，这两天你们就先看看书，实际操作就在实践中练习。"

我们看了两天的书，除了知道六芯的纤序是蓝、桔、绿、棕、灰、白，其他的还是一无所知。

二

第三天，万里无云，阳光灿烂。我们穿梭在空气清新的田野间，心情大好。老板让我们别急着干活，先拿脚扣慢慢练习练习。中途他叫了一个小伙子，让他教我们。小伙子姓赵，也是 95 年的，但是比我还小一点。

老板让我们叫他赵师傅，我们都叫他小赵。

老板让小赵演示一下怎样正确爬电线杆。小赵想在我们面前炫技，他将双手背在背后，两脚钻进脚扣，像走路一样，踩着脚扣走了上去。

"下来下来。"老板把他拉下来，轻轻地拍了一下他的脑袋，"大家看啊，这就是一个错误的示范，既没有戴保险绳，手也没有扶着柱子，我来给大家演示一下。"

老板拿过两个脚扣，一边调着松紧带，一边向我们讲解规范的操作。小赵劝他："讲解讲解就得了，不用亲自上场。"

他立刻驳斥小赵："让你给他们演示，你演个什么鬼东西，正有不足邪有余。"

老板穿戴整齐后，踩上第一脚。"把脚扣踩结实了，强调一遍，一定要踩得稳稳当当，这个一定要注意啊。脚扣没固定好，轻则崴你的脚，重则伤你的腰，危及你的生命。"说着小喘两口，又往上面踩了两步。

老板的身形过于庞大，当他讲解如何将身体与电线杆保持距离的时候，永远也不能做出规范的动作，几次失败后，他抱着柱子喘气，最后不得不作罢。他下来的时候，我自作聪明地提醒："老板，你上去忘记系安全绳了。"

老板摸着头，嘿嘿笑："这个同学讲得对，我接受你的批评。"

事实上，除非电信公司派人检查，一般情况下没人系安全绳。

老板走后，小赵说："系安全绳这种老派谨慎的作风，显得胆小，而且不够拉风。"

我说："作为一名通信专业的大学生，我必须提醒你，施工作业安全第一，你现在省事图方便，将来有可能为此付出沉重代价。"

"所以呢，"小赵嘴里叼着一根烟，把安全绳丢给我，"你要戴上这个玩意爬上去？"

我呵呵笑着把手里的安全绳又丢给他："不戴不戴，年轻人嘛，都喜欢装。"

为了让我们融入群体，老板把四个大学生分成四个小组，每一组派一个老手带队。我被分配到和小赵一组。

小赵身材矮小，骑的摩托车却是那种很笨重的男式摩托车，油门一轰，飚出去老远。那天我坐他后面，被强劲的气流封住了嘴。小赵嚼着槟榔渣，牛哄哄地说："现在我正式任命你为我的副组长。"

他给我分配的任务非常简单：爬上电线杆，放下电线柱上悬挂的光缆。按他的意思，找一只猴子，不用训练都能完成这任务，而我可是个大学生。说这话的时候，小赵的眼神意味深长。

三

我爬的第一根电线杆是在一座不知名的村落里，小赵特意为我选了一处平缓的地方。他叼着烟，歪着头，看着我一脸坏笑。

为了不受这小子嘲讽，我表现得十分勇敢，踩着脚扣就爬到了空中，可是爬得越高心里越不踏实，总感觉脚下松垮垮的。越到上面我就越猥琐，像只考拉紧紧贴着柱子，不愿意放手。

那天我一共也就爬了十二根柱子。爬最后一根的时候，太阳躲到了山后。天空下布满沉郁的红色，美丽而让人愉悦。

我顺着电线杆一步一步往上爬，内心突然涌上一股从来没有过的成就感。就在我沉浸在这种微妙的愉悦中时，一只脚踩空了，身体猛地往后一仰，我本能地抱紧柱子，大口喘气，背上全是冷汗。

"你在想什么呢？"小赵怒吼，"做事专心一点。"

我死死抱着柱子，看着小赵在下面骂骂咧咧，心里只想着没事就好。

爬电线杆前他就告诉过我，脚扣总有一天会掉，这个时候不要慌张，踩着剩下的那只脚扣，抱着柱子尽力保持平衡。

"现在怎么办？"我朝他喊。

"等着。"小赵捡起脚扣，往天上一抛。我一手抱着柱子，腾出一只手去接，没接住。他再一次抛上来，这次我抓住了。正高兴，突然咯噔一声响，另一只脚扣承受不住压力，滑了下去。我吓蒙了，死死地抱住电线杆，可这样也减缓不了下落的速度。一瞬间，我就坐进了泥淖的田地里。

我看了看，除了手指甲被擦伤，没有发现伤痕。

小赵一把拉我起来，气恼地吼："大学生大学生，你刚才可把我吓死了，你刚才要是有个三长两短，先别说什么向老板交代，我要怎么向你父母交代。"他瞪着我，喘了几口气，帮我拍了拍身上的灰尘，白色的柱灰像是烟雾一样，随风而去。

那天回去，小赵向老板汇报情况。第二天老板赶紧拉着我们四个人，给我们买了一份人身意外险。他坚持不让我上杆。"你就在下面，给我负责挂测。"

此后，我每天背着电瓶、光猫，还有一部破手机，跟着小赵在县城各个犄角旮旯转悠。小赵负责开车找分光箱，连接光猫，我就负责操作手机。一开始还觉得挺好玩，动动手指就行，一点都不累。

时候长了，难免无聊，我想爬上去看看。小赵拗不过我，只能不停提醒："小心点，出了岔子，老板要骂脑壳。"

天气好的时候，爬上电线杆能看到绵延的群山。

其实我挺佩服小赵。他初中毕业读了个挺差的技校，出来就跟着老板，做了四年通信。老板会的他都会，老板不会的，他也不会。我告诉他，如果你想会的比老板多，得出去看一看。

"去哪里？"他问我。

"去长沙，去深圳，去北京，去上海。"

"我可没本事留在那些地方。"

"至少你得去看看，"我随便指了个方向，"那边就是长沙，我读书的地方。"

小赵爬到邻近的电线杆上，眺望我指的方向，问："长沙好不好耍？"

"好耍。"我得意地说，"解放西的妹子夏天的裤子比腰短。"

小赵说："不知道她们会不会爬电线杆。"

等新鲜劲过去，我才想起这是一份苦差事。每天七点多起床，坐上小赵那辆破摩托车，在路上颠簸一整天，骨头都散了。

有的电线杆栽在陡坡上，第一脚和最后一脚都不好踩，稍不留神就摔个狗啃泥。有的电线杆栽在水田，穿雨靴又不能爬杆，只能硬着头皮往水里踩。脚湿了没地方换鞋子，泡了一整天，双脚白得没有一丝血色，晚上放被窝里焐热了就奇痒无比。

最怕碰到破皮电线，不小心被电一下，轻则吓出一身冷汗，重则重心不稳有高空坠落的风险。

干得越久我就越不满，又脏又累工资还低，还有生命危险。终于有一天，我向小赵抱怨，说这活不是人干的。

"可我就喜欢干这个。"小赵一手抱着电线杆，一手放在眉弓处，模仿着孙悟空眺望远方。

小赵说他从小个子矮，有人骂他侏儒，所以他从小的夙愿就是长高一点。等他年纪渐大，才意识到自己不会再长高了。直到跟了老板，学会爬杆，小赵发现自己长高了。

"给我一根电线杆，我就能爬上天。"

他两手抱着柱子，像是跳钢管舞一样往后仰着脖子，朝天空大喊。

四

那天小赵带着我提前一小时下班，我们在网吧里打了一局《英雄联盟》。

第二天，小赵被老板调走了，我有了一个新搭档。

新搭档跟老板干了很久，脾气硬，整天板着一张脸，不喜欢说话。他只负责开车找路，到了目的地就两手插在口袋里，叼根烟望着我。

我一个人又要爬杆又要接线，还要调试设备，心里十分不满，而且每次吃饭他都带我去那种又脏又偏的私人作坊，有时候刚吃完就拉肚子。

合作了几天，我实在受不了，就跟老板说我想换个搭档。老板说小赵在那边离不开，还说我的工作本来一个人干就够了，我要是会开摩托车，根本用不上两个人。

我当时愤愤不平，转念又想老板说的没错，一个人至少能吃顿好点的。

在一个清晨，大家都在，我抓住这个机会让小赵教我。当时用的是小赵的男式摩托车，他们都告诉我很简单，脚踩刹车，手拧油门，油门只拧一点点就可以了。

小赵和我的同学在后面拉着车子，我慢慢拧开油门，车子就开起来了。我胆子大起来让他们松手，对着空地拧下一点油门，突然心一慌手一紧，油门按到底部，轰的一声，车子就飙了出去。

我当时完全慌了，方向盘乱打，车子好像不受控制一样冲向一道卷闸门，我吓得往旁边一跳。车子撞了上去。

我倒是一点事没有，那道卷闸门整个凹了进去。

屋主很快闻声赶来，是个女人。我赶紧向她道歉，并表示一定会赔钱。

"别说那些没用的。"屋主叉着腰，凶悍地说，"直接说赔多少。"

我也不知道这门值多少钱，小赵在我耳边低语："这门最多五百。"

我伸出五指，弱弱地问一句："五百怎么样。"

"五百！"屋主当即拒绝，"那不行，最少一千。"

小赵用本地话和她争论，吵了半天，我怕耽误出工就和屋主说八百块算了。屋主答应了，我从钱包里拿出五百又借了三百。刚给完钱老板就来了，他就问了小赵情况，然后从包里拿出八百块给我，我不肯要，说自己犯错自己担着，不用公司出钱。

老板说："当着大家的面我一定要给你，不仅是为了你，也是为了告诉大家，我不会亏待任何一个员工。任何人想为公司出力，出了问题，都由我担着。"

我还是觉得不妥，不肯拿他的钱，他强行塞到我的口袋里。我追上去，他把我拉到车上说："你就是自尊心太强，其实没那么复杂，我是老板你是员工，我埋单是想让你更好地为公司工作，就这么简单。"

"我自己的事自己能解决，不需要你为我的错误埋单。"我口气很冲。

他开车带着我，围绕县城慢悠悠地转圈。

过了许久，老板说："我不是为你的错误埋单，我怕你今天撞了一道卷闸门，赔了几百块钱，就变得不敢尝试。我想告诉你，犯错真的没什么，以后你还会撞无数道卷闸门，有可能还会受伤，但你还得有勇气踩下油门往前冲。"

他语气温和，与平时不太一样："我年轻的时候也经常犯错，可是没人帮我，那时候我就想有个人能帮帮我，可是没有。"

车子停在人民医院门口，他让我走路回去，顺便好好想一想他说的话。老板进了人民医院，今天他和医生约好了，要去割痔疮。

五

在那次谈话后，小赵就被调回来了。还是和以前一样，每天早出晚归，从这根电线杆爬到那根电线杆。

碰到风景好的地方，我们就在电线杆上多待一会儿，谈天说地，偶尔比一比谁尿得远。这时候我已经没有了激情，只剩下苦闷。

小赵似乎看出来了，问我怎么回事。我反问他："你说喜欢登高望远，你现在站这么高，看到什么了？"

小赵一手抱着柱子，迎着金色的朝阳："这么美丽，这么宽阔，这么高，难道还不好吗？"

我看到的是萧瑟的田野，清冷的群山，还有贫瘠，就像我的未来一样。

那段时间不仅是我，和我一起来的三个同学都十分焦虑。来之前我们就听到了很多声音，他们说通信行业已经是夕阳产业，三大运营商相互碾压，已经赚不到什么钱了，更别说外包商。城市的通信建设基本已经完善，农村还有的做是因为有政策支持，可是一直会有政策吗？

过了大寒，气温骤降。有的地方远，开摩托车都要一小时，到了目的地耳朵像是消失了一样。蹲在地上接光纤，手也抖脚也抖，剥线钳一按，光纤就断成两截。我有个同学由于防护措施做得不到位，耳朵和手都生了严重的冻疮，又痒又痛，挠得鲜血淋漓。

大家都在抱怨，说实在太苦了。有人赌气说不做了，明天就去辞职。他们问我怎么想，我说来都来了，至少干完今年。

只是没想到，我反倒第一个离开了。起因是电信局的职工犯了低级错误，指挥我们到一个完工的地方去挂测。

发现不对劲，我幸灾乐祸："这是老天看我们太辛苦了，特意让我们休息一天。"于是，我拉着小赵在网吧待了一天。

第二天东窗事发，我们向老板解释。老板把我们拉到电信局和他们对峙，结果他们不但不承认，还态度倨傲，讽刺我们是民工。

我被喷得哑口无言，憋到最后甩了一句"我不干了"就跑回了住处。

六

后来老板打电话说我让他失望了。他说不管真相怎么样，那一天我没干活，就是不对，还说要扣我一天的工资。

我反驳说，那天他们让我们去那里挂测，我做好了，你要是扣我工资，我就真的不干了。

过了几分钟，我收到他的短信："行，你别干了，我替你把工资结了。"

走的那天，我买了下午的车票。上午的时候，老板找我，说要去一个地方。他做完痔疮手术不久，坐在车上一个劲儿扭屁股，边扭边巴拉巴拉说了一大堆，我就"哦哦哦"地搪塞过去。

到了目的地，他指着那个大箱子问我会不会搞。我说我才来这么久，只学会了挂测，其他的什么都不会。他说不会没关系，他教我。

我上杆，他说拔线就拔线，他说插进去就插进去，一步一步教得很慢，可是弄了半天信号还是不通。我叹了口气，说："老板，我不想再搞了。"

他让我下来，从车后面拿出两个脚扣。他穿着一条宽松的睡裤，脚上穿的还是拖鞋，我说："这样太危险了。"

他摆摆手说："就这么点高，摔下来也摔不死。"他怎么都不听劝，强行要爬上去。我怕他出危险，就在下面托着他的屁股。

他在上面一边施工，一边说："人啊，有时候，就是要低头，没办法的事，等你以后出去闯社会了，你就知道了。我没骗你，真的没办法嘛，你从人家嘴里讨生活，那你就得软绵绵的，让人家舒服。"

我没回答他。过了一会儿，他又开始喋喋不休："你只会挂测，这样不行，挂测这个东西随便找个人，几分钟就学会了。你得学点真本事，这样以后就不愁找不到好工作。人家再指着你的鼻子骂，你就有底气喷回去，对不对？"

"我以后没打算搞通信。"我嘀咕了一句。

老板停下来，看了我一眼，"那你打算搞什么？"

"写东西啊，我热爱小说。"我说，声音没底气。

"那你现在每天都写吗？"

"偶尔写。"

"偶尔写，"他冷笑，"你就是这样热爱的？你偷懒，逃工作，就是跑到网吧里打游戏，现在你跟我说你热爱小说？你要是真的热爱，你就得天天写月月写年年写，手里写出茧子了，那才叫热爱。"

"对不对？"他看着我。

我没有回答他。那天下午走的时候，他没有送我。小赵将我送到车站，我想和他拥抱，小赵十分不自在地躲开了。"两个大男人抱什么抱。"

我坚持抱了他一下，叫了声："赵师傅。"

那天之后，我再也没有碰过光纤，也不再沉迷《英雄联盟》。但是我坚持写作，只要有一天没有写东西我就会产生强烈的负罪感。我相信总有一天，老板会通过我的文字再次认识我。

文／宁迪

第二章　单身上瘾

甩掉身体的三分之一

减肥，是许多女生终生的战役，是一个孤独而又艰辛的选择。在镜子前看到慢慢变瘦的那个人时，她们才终于看见了自己。

一

我身高 161 厘米，最胖的时候 152 斤。

至于我为什么会这么胖，我妈和我一致同意，这要追溯到 20 年前的某个夜晚。

四五岁的我喝了一碗蛤油。从那之后，我开始变得很贪吃，并心心念念当年那碗蛤油的美妙味道 20 年之久。

食欲像一种毒瘾，染上之后一发不可收拾。直到现在，我仍然不敢在寝室里放零食。只要它出现在我的视线里，我就会像饿死鬼一样全部吃完，连渣也要舔净。

胖子确实不是一口吃出来的，是一口一口吃出来的。

上幼儿园的时候，学校门口卖一种小蛋糕，我每天都缠着奶奶给我买一个。学画画时，教室门口有一家肯德基，每周画完画总要让爸爸带我去吃。记忆里，有很多次妈妈带我去吃麦当劳、肯德基、必胜客，吃完出来我都饱得想吐，然后就真的吐了。

所以胖能怪谁呢？

从小，很多人都喜欢捏我的脸，像逗小狗一般。不同的是，逗狗的人还知道轻重，不会捏得小狗叫唤起来，但捏我的人从来不考虑我的感受。

"有这么多脂肪缓冲，不疼的。"他们总会这么说。每次我都忍着，再疼也不会翻脸。

从幼儿园我就意识到，胖鸟要先飞。胖子没有好看的外表，就得用好脾气来弥补。因此，不管别人怎么嘲笑，我从不生气，永远笑嘻嘻的。有个男生曾经对我说："朱小溪，你真找不出什么缺点了。"他说的是我的好脾气，但他不知道，这是我十几年来自卑和克制的结果。

初一的时候，我开始有了明显的男女性别意识，我发现自己身边只有女生朋友。有一天放学后，班里一个从来没有和我说过话的好看男生看着我欲言又止，但最终还是问道："我能不能问你一个问题？"

我心里窃喜，又仿佛预料到什么，心情忽然沉重。

"你为什么能吃得这么胖啊？"

我心里一紧，开口却只能打趣说："你猜啊。"那一刻我意识到，我也可以和男生做朋友。胖，就是我可以和男生聊的话题。

自那以后，我接触到越来越多的男生。跟他们稍微熟络后，他们就会不停地说："你多少斤啊？""你快教教我怎么能吃胖！""你这么肥打起来应该不痛吧？"为了能跟他们有更深入的交往，我也不在乎卖卖我这个缺点了。由于我不爱生气，看起来又胖胖的，很容易相处的样子，所以朋友就慢慢多起来了。

当时，我并不会考虑这种交友方式是否畸形，自己会在这些友情中受多少伤。能交到更多的朋友，尤其是以前因为自卑从没接触过的异性朋友，这对我来说就够了。我唯一的顾虑是怕爸爸妈妈知道我竟活得这么卑微。

高一时，班里有个活动，每个人可以给班里任何一个人写纸条，说你想说的话，最后大家会拿到一个信封，里面装着同学写给自己的纸条。我的信封是最厚的，我妈妈很开心，把那些纸条一张一张贴起来。

她不知道我已经事先把一些言语过激的纸条偷偷扔掉了，比如："你这么肥，怎么还能这么自信啊？"

在潮汕话里，"肥"比"胖"用得多，所以"老肥""肥猪""阿肥"他们叫起来更顺口，同时也更刺耳。我特别感激那些只叫我"猪"的同学，听起来可爱多了。就算不小心被我妈妈听到，我也能说这是可爱的昵称。我妈妈从没当面听到别人说我肥，就算是听到别人转述，她也会气到掉泪，然后用自己笨拙的方法帮我出气。

我一直安慰妈妈："没关系的，同学们都是在开玩笑啦。"

其实，怎么可能没关系呢？ 20 年来，每一次听到"肥"字或"胖"字，我心里都像被刀割了一下。

二

肥胖让我有了许多男生朋友，唯独没有男朋友。台剧《我可能不会爱你》里面有句台词：男女之间不可能会有纯友谊。我对此一直嗤之以鼻，谁说没有的？

胖女生和身边的男生就是这种纯友谊，比纯净水还要纯。

早几年网购还没有那么普及的时候，我看了电视购物中减肥药的广告，很是动心，求着爸妈给我买了一瓶减肥药，据说抹在肚子上就能燃脂减肥。爸妈当时没说什么就给我买了，还每天定时提醒我抹药。后来那瓶药不见了，我想着没什么效果，也就没去找。后来爸爸趴在地上用衣架把那瓶药从沙发底下钩出来了，他开心地跟我说，找到了，可以继续用了。每每回想起那个场景，我就觉得心酸不已。

上大学前体检，医生说我有轻微脂肪肝，我没什么概念，不觉得有什么。反而是我妈妈，听到医生的话时，她眼里流露出来的慌乱我到现在也忘不了。这时候我才意识到，肥胖不只是外形上的问题，它已经影响到我的健康了。

我开始尝试一些相对健康的减肥方法，比如针灸。第一个星期就减了10斤，但反弹也特别快。进了大学，大家被各种新鲜事物吸引，身边朋友也不再那么直接地指出我的肥胖，我就一直自欺欺人——我可能也没那么胖吧。

直到大二寒假，我每天在家吃了睡睡了吃，有一天随意上秤看看，顿时就被秤上的数字狠狠戳到——76，单位是公斤。

我第一次感觉自己前途如此迷茫，胖子本就活得艰难，颓废的胖子就更没有未来了。我决心改变一下自己的生活。

比起节食的痛苦来说，更多时候是受不了别人的眼光。不管我有意还是无意地吃少了，别人就会带着一种嫌弃的语气说："你怎么吃那么少，减肥啊？"听了这话我就会迅速否认，抓起筷子猛吃起来，只想证明自己并不在意肥胖这个事实。

那时恰逢去韩国交换半年，进入一个语言不太畅通的新环境，正好利于我克服害怕被嘲笑的心理障碍，因为就算被嘲笑了大概也听不懂。

去韩国就像是个分水岭，胖了那么多年，我终于看到了一点点变瘦的可能。韩国食物偏辣，很多我都吃不了。在那边的上课时间是中午12点到晚上8点，覆盖了两餐饭的时间。楼下的健身房每天都开，还不要钱。没有了朋友有意无意的评价，我减肥的决心越发坚定了：我会在跑完一公里后咬咬牙再跑一公里；看着食堂的饭菜就会想，去便利店买点小东西就行了，等看到便利店食物的热量又想，干脆不吃算了。

瘦下来的过程其实比想象的还要漫长。就算吃得少，每天坚持运动，也看不到多大效果。我日复一日地跟体重秤上的数字纠缠较劲，感觉这条路永远走不到头。直到咬牙忍受到一定周期后，再回头看，体重秤上让自己不满意的数字，已经跟之前拉开了距离。

我现在并没有很瘦，体重在110斤左右，但感觉人生开始有点光亮了。所有人都说我现在刚刚好，不能再减了。这可是我这么多年来从没听过的赞美啊。

一开始大家都以为，我下定决心要减肥，是因为有了喜欢的男生。我瘦了，再化化妆，的确挺招男孩子喜欢，但这并不是我决定减肥的因素。我总打着哈哈说，一年前有个阿姨给我算命，说我命里不胖。我妈妈激动地指着我说："胡说，她现在就很胖！"阿姨摆摆手，说以后就不胖了。

其实，这真的是我决心减肥的原因之一。在极度缺乏自信的时候，就算是个算命阿姨讲出来的话，也会让人心生希望。有一次我感觉自己坚持不下去了，发了条朋友圈说："我不想减肥了，好累，想哭。"有很多人回复我，叫我不要放弃，正是因为看到我这么努力，他们才开始运动，想要追求更好的生活。这些鼓励，也是支撑我坚持下来的缘由。

归根结底，就我个人而言，坚定地节食、运动，只是想知道，瘦子的生活是怎样的。

文 / 朱小溪

负债养猫的年轻人

带不走的都是理想，回不去的都叫家乡。

城市那么大，困顿的生活难以安放，孤独的灵魂需要慰藉。

一

凌晨 3 点，小艾被一阵疯狂的抓挠声惊醒，是丸子。她心头一紧，怀疑丸子又尿床了，伸手去摸那块被子，同时祈祷"希望是干的"。结果，被子湿透了。

扔被子还是洗被子，小艾面临哈姆雷特式的选择。想到自己穷，她还是没舍得扔。洗衣机塞不下巨大的棉被，她只能手洗，先用喷壶将被子打湿，加上小苏打搓洗。折腾了一个小时，她终于能睡了。

没有替换的棉被，小艾裹了件羽绒服，盖上夏天的薄毯。刚躺下，想起忘记揍丸子，她又爬了起来。

丸子是只双色异瞳的小白猫，和 David Bowie（大卫·鲍威）一样，一只眼睛是蓝色，一只是棕色，目光清澈又抑郁。

2017年深秋，我陪小艾去密云把丸子接回北五环的家。那时候，我们是同事。小艾大我两岁，比我早一年来北京。第一次见到小艾，她留着红色超短发，穿一条白裙子，戴着一对金色大耳环，看起来很精致。

有一天，小艾在办公室说她早上起来上厕所，开门就看见男室友赤身穿一条红内裤，敞着卧室门拖地。当时，她和一个女孩同租一间卧室，睡上下铺，房间狭小破旧，但去公司只需步行十分钟。

我本以为小艾是那种家境优渥的酷女孩，没想到住得比刚来北京的我还差。工资有限，想要节省通勤时间，只能牺牲住宿条件。她实在受不了奔放的男室友，找了半个月房子，最后敲定一间月租金1800元的次卧，离我家步行距离500米。

小艾的室友养了只拉布拉多，味道极臭，搬家师傅刚踏进门，又速速退出来，转身干呕，接着用一种怜悯的目光看着小艾说："为什么要搬家呢？你以前的房子虽然小了点、破了点，起码没味儿啊。"

搬家那天是中元节，很多人在路上烧纸。小艾站在楼下抽烟，觉得自己也像个没有归宿的灵魂，在这座城市游荡了两年。

一种强烈的漂泊感侵袭了小艾，她有了养猫的念头，觉得猫可以抚慰孤单的生活，让她在偌大的城市有个陪伴。小艾给猫起名叫"丸子"，可谁能想到丸子是一只"尿床精"。初来乍到，丸子连着尿了半个月，小艾几乎每天买一床新被子。她幻想中猫狗双全的快乐生活也很快破灭，那只拉布拉多不仅味道大，还经常撞破她卧室的门，偷吃猫粮，跑到猫砂盆里撒尿。

总在床上尿尿的猫成为小艾最大的忧愁。家里的几床被子都被丸子尿过，最后，她实在没钱买新被子，只能选择把被子洗干净，但味道也无法完全去除。正值入冬，自来水冷得像冰，她洗着洗着就哭了，边哭边给原主人发消息，问能不能把猫送回去。

丸子跑过来，一脸无辜，像抓虫子一样，伸着爪子抓挂在小艾脸上的眼泪。最终，小艾还是留下了它，从网上买了防水被罩和床单，想再给它一次机会。那之后，丸子还真没再尿床，像是体恤主人的烦恼。

没被子盖的日子，小艾经常来我家住。因为猫，我们开始亲近起来。

那年冬天，我们先后从那家公司离职，互相为对方介绍了并不适合自己的男友，各自陷入"虐恋"。我去了一家心仪已久的公司，小艾在家休息一段时间后，决定考研，提升专业能力再择业。

二

小艾和男友租了个一居室。因为只有男友一个人上班，所以，虽然住着月租5000元的房子，生活却没有以前舒适。为了省钱，她会绕道去远一点的超市买酸奶，挑临期降价面包，家里囤了很多挂面和速冻饺子。

后来，小艾的男友长期出差，几个月才回家一次，线上的交流也越来越淡漠，恋爱谈得可有可无。最后一次回家时，男友带走了全部行李。

男友离开后，小艾正式开启负债养猫的生活。她尽量不出门，几乎零社交，和我也很少见面。男友来了又走，只有猫一直在。人猫相依的日子，让向来急躁的小艾变得耐心。丸子患上马尾病，小艾每天为它擦两次药，坚持了3个月，直到丸子痊愈。她按照网上的食谱做猫饭，每日检查丸子粪便的形态和颜色，观察它的健康情况。有猫陪伴，备考的清苦日子也显得没那么苦了。

"双十一"活动期间，小艾每天给我发好几条砍价链接，叫我帮忙给丸子砍一块钱一罐的特价猫罐头，她还加了好几个砍价群。

当时，我工作遭遇瓶颈，有了辞职的念头。小艾说："辞吧，然后你就要像我一样，每天在家砍价。"激将法十分奏效，我只请了一天的假，就又回去上班了。

考研日期将近，丸子突然病了，整整三天不吃不喝。小艾带它去医院抽血化验，医生怀疑是白血病。

小艾不得不把在考场附近订的酒店退掉，把钱用来给丸子输液。我有个学妹住在考场附近，便介绍学妹和她认识，考试期间，她可以去学妹家里住。我们建了个小群，互通有无，取名"北漂女孩互助小组"。

考试结束，小艾发来消息，说她害怕走出考场就收到丸子去世的消息，答卷时边写边流眼泪，满脑子都是丸子，都不知道自己写了些什么。

输液第四天，丸子终于开始吃东西，恢复活蹦乱跳的样子。医生说，它可能只是营养不良。小艾开心地买了瓶酒庆祝，虽然为了给猫治病，她的负债账单上又添了几千块。

年底，我的男友下定决心结束5年北漂，回老家发展。他觉得自己被抽干了养分，工作不尽心，玩乐不尽兴。我理解他的感受，但不愿意和他一起回家。来北京刚1年，这座城市对我来说，还有遐想的余地。几次商讨无果，我目送他搬离同居的陋室。

小艾的房子也快到期了，我们决定合租一个两居室。那时北京的房租贵得离谱，合理的预算内，我们只能在通州找房。

看完房子已是晚上10点多，两人的手机都没电了，没法打车，也找不到就近的地铁站。据说通州塞满了奋斗的人，可我们一个都没见到，眼前是一片黑黢黢的工地。我心里害怕，拉着小艾胡乱跑，终于在拐角处找到一家便利店，给手机充了电，叫车回家。

车上，我们惊魂未定，第一次对这种动荡的居无定所的生活感到厌倦。回到小艾家，还没开门，听到丸子在屋内喵喵叫，我竟有些羡慕。或许，猫才是这座城市最幸福的动物，永远无忧无虑，随遇而安。

元旦过后，我们在四环外租了一个两居室，房租远超预算，但租金可以月付，小区也很安全。入住新家第一晚，我们就发现了房子的缺陷：暖气几乎不起作用，开空调也没用，卧室冷似冰窖。

小艾的房间没安装空调，暂时和我睡在一起。那晚，我很久都没睡着，听见躺在身侧的小艾轻声抽泣，不知道是不是因为冷。

三

2019年春节，我和小艾都没有回家。我没买到车票，小艾则是因为不敢面对家人的询问，她没告诉家人自己辞职，还谎称在上班。

过年期间，不少北漂的猫咪留守在北京。小艾找了个喂猫的兼职，每天7点钟出门，戴着装有摄像装置的头盔，喂猫时全程录像，猫的主人可以在平台上实时观看。

小艾最多每天去6户人家喂猫。有一个猫主人养了8只加菲猫，屋子里有很多音乐教辅书，小艾猜测他是一位音乐老师。第一次去的时候，猫咪们的生存环境还算干净，等到第二天，屎已经拉满了地板和床单。很难想象，如果主人没请人喂猫铲屎，回家时会面临怎样的惨状。

还有一回，小艾发现一只小猫气色萎靡，不愿吃喝。想起丸子之前的病态，小艾赶紧给猫主人发视频汇报。猫主人平日工作繁忙，已经很久没回过老家，刚到老家不到两天，听闻猫生病，又订了当晚飞回北京的机票。猫让北漂青年在这座冷漠的城市有了牵绊，有时也是甜蜜的负担。

2月中旬考研查分，小艾没过线。对这个结果，她早有预期，平静接受。次月，她寻到一份在剧组的短期工作，需要跟组住在郊区。

我开始了独立养猫的生活。起初几天人猫和谐，小艾离家后，丸子十分黏我。之前，我每次想抱它，它都尖叫着逃走，现在居然会趴在我枕边睡觉，我在家写稿到凌晨，它也会待在桌子上乖乖做伴。

我以为自己和丸子建立了良好的关系，每天得意地给小艾发猫片。直到某天早上醒来，我闻到床上有股臊味——猫尿床了。

丸子到了发情期，但小艾没空带它做绝育手术。随后一周，丸子尿了5次床，家里的被子轮着盖，还是跟不上它尿床的速度，最后我只能盖着外套睡觉。凌晨5点，我被冻醒，干脆爬起来写稿，写到7点，刚想躺下歇会儿，转头绝望地发现，丸子又尿了。

我自觉平时待丸子不错，加班再晚，也不顾疲倦，为它铲屎添粮。看到床上两摊尿渍，我委屈得想哭，觉得全世界都在欺负我。小艾打来电话，说要把丸子送到育猫经验丰富的朋友家里接受教育，我心不在焉地应和，说着说着，就真的哭了。

小艾听出我的哭腔，在电话里拼命地安慰："猫和小孩子一样，很蠢的，你不要因为这个讨厌它，就当可以换新被子了嘛。"挂了电话，小艾迅速给我买了一床被子和新的四件套。她担心我情绪波动影响写稿，也怕我会因此讨厌猫，为了减轻我的负担，她还斥巨资买了一台自动喂食器。

我有些愧疚，小艾的债务尚未还清，又增加好几笔支出，不仅因为猫，也因为我。我提出自己带丸子去做绝育手术，但小艾不愿麻烦我，说猫做完绝育手术之后需要照顾几天，会影响我上班。

为了方便看猫，小艾指导我在家里安装了监控器。监控器可以传声，她经常隔着监控器跟我和丸子说话，我不在家的时候，她还会给丸子放歌。

小艾跟组结束后，带丸子去做了绝育手术。她坚信丸子疯狂尿床是因为分离焦虑症，对她长时间离家表示不满，或者是想她了。再找工作时，她特意选了不需要经常跟组的岗位。

工资没有涨太多，猫粮却越换越贵。一个朋友觉得小艾疯了，自己舍不得花的钱都给了猫。小艾不以为然，人经历过苦日子，以后就算豪阔了也难免会哀愁，所以，她打一开始就坚持对猫富养，自己享受不到的，让猫得到也不错。

丸子做绝育手术之后，只短暂地消停了两个月，就又开始尿床。小艾患上了"猫尿床PTSD"（创伤后应激障碍），临床表现为闻哪儿都觉得有尿味。有阵子，丸子热衷于跳进我的脏衣篓。小艾看见，会迅速把丸子揪出来，不嫌弃地从脏衣篓里拎起我的脏袜子闻，确认只有袜子味儿，再一只只扔回去。

猫尿床的事让我的一位朋友费解，他不明白两个大活人为什么要因为一只猫折腾成这样。这是不养猫的人难以理解的羁绊。即使丸子三番五次地尿床，我依然对它产生了感情。

独居的日子，尤其能感受到猫的重要。它需要我铲屎、添粮、换水、喂零食。作为这座城市里唯一等我回家的活物，这种需要等同于牵挂。

四

为了实现小艾爷爷看天安门的心愿，2019年10月，小艾的父母带爷爷来到北京。

小艾母亲住在我们家，父亲和爷爷住附近的酒店。那几天，丸子连着尿了两次床。小艾从卧室追到客厅，最后在桌脚揪住丸子，朝它屁股狠揍了几下。

现在，小艾已经不再因为丸子尿床而生气了，只是要假装生气，让它不要再尿。每只猫都有性格，丸子就是一只极度自我的小猫，肆无忌惮地撒尿、打翻杯子，做什么坏事都心安理得。这是小艾讨厌它也喜欢它的原因，自己要面临的世界复杂险峻，永远没法像猫一样自由。

等丸子挨完揍，小艾母亲开始劝小艾把猫送人。她一直不支持小艾养猫，白白耗着薪水，还要费心照顾。说着说着，话题就转到了"离开北京""回老家"上。小艾没接茬儿，只是一味地揍丸子，她觉得丸子给自己丢了人，偏在这个时候尿床，让混乱失序的北漂生活显得更加狼狈。

小艾母亲的话戳破了我们始终清楚但从不直视的现实困境。这座城市敞开怀抱欢迎我们，同时也设立关卡，提醒我们，哪怕努力留下，依然和生长在这里的人有难以逾越的距离，两水相交，鱼不往来。

大学时，小艾在书里读到一段话："这就是首都，人心所在的地方，我们从五湖四海来到这里，那个美好的名字'公平'，正在蓝天中闪耀，只要肯努力，一切都将可能。"

从那一刻，小艾开始渴望北京。她本科学的是会计，但对此毫无兴趣。临近毕业，她放弃读了4年的会计专业，准备考导演专业的研究生。爷爷最先反对，说她从小就不撞南墙不回头，得多撞几下才明白。她没有听爷爷的话，考研失败后还是去了北京。

因为专业不对口，小艾一直在行业边缘晃荡，朋友告诉她，想要工作发展好，要去旋涡中心。可这几年影视行业动荡，谁也看不清旋涡中心在哪儿。

这几天，爷爷来家里看过一次，没说什么，但用眼神表示"生活好难"。其实相比前两年，我们的日子已经越过越好。小艾的债款总算还得差不多了。我们购置了防风窗帘和取暖器，冬天，家里也没那么冷了。只是，在这座城市究竟能抵达怎样的生活高度，我们都没有把握。

24岁生日过后，我感到一种莫名的追迫感，18岁和30岁同样遥远，生命力和资源一个都不占。上次回家，母亲发动全家人一起劝我离开北京，说我年纪渐长，应该把找对象结婚作为第一要务，而一个外地姑娘在北京谈婚论嫁难度太大。

我和母亲细数这几年在工作上取得的成绩，以此回避结婚的话题。我舍不得离开这里，越艰难越想试探。

小艾让爷爷明年春天再来北京。爷爷说："春天不知死活。"爷爷89岁了，上次回家时发现，他已经需要使用纸尿裤。小艾希望下次爷爷来的时候，自己能过得更体面。她有了换房子的念头，又在查过附近的房价后将这个想法搁置。

家人离京后，原本懒惰的小艾突然变得勤奋，坚持每天拖地，往购物车里添加很多家居用品，希望改善生活环境。但最终，她只下单买了一面全身镜。

文 / 刘妍

请闺密测试我的初恋

在情感快餐化年代，年轻人产生信任和安全感变得不容易，处理亲密关系的方式也开始变化。一场情感测试，究竟测的是感情还是人心，不得而知。

一

周森相貌不算出众，圆脸，微胖，说话嗓门特别大。第一次见他，我不是特别满意。

周森是朋友介绍给我的潜在交往对象。微信上，他幽默又懂分寸，从来不会提让人尴尬的问题，让我颇有好感。聊了4天，他提出见面，我毫不犹豫地答应了。

见面地点在我家附近的肯德基，周森状态自然，一直在找话题，试图调节气氛。我却有些反感他的自大，他总是问一些我不懂的问题，然后得意扬扬地自己回答。

饭毕，周森送我回家，路上开玩笑，偶尔说两句荤话。我尴尬地把头撇向一边，想假装不认识他。

分别后，周森在微信上依旧殷勤，总是秒回，偶尔没及时回消息也会解释原因。和现实中那个爱吹牛的形象比起来，网上的周森嘴巴甜又礼貌，很讨人喜欢。当晚，他发来微信："要不要在一起试试？"表白猝不及防，我觉得进度有点太快，也不太看好周森线上线下判若两人的个性。

朋友催促我："你都单身25年了，他有房有车，你想清楚，过了这个村可没有这个店。"

这句话顺利让我产生恨嫁之心。周森是客户经理，收入不错，父母都在银行工作，家境优渥，算是条件不错的适婚青年。我大学读的是师范院校，整个专业只有10个男生，质量也不高。我和异性相处的经验几乎为零，同届毕业的同学都各自谈了男友，只有我是单身。

我很想尝尝恋爱的滋味，于是答应周森的告白。行不行先试试，就当是恋爱练习。

周森虽然身材胖乎乎，却不油腻，衣服总是很干净，充满清新的洗衣液的味道。他经常打探我的喜好，给我买小礼物，每天坐车横跨半个城市接我下班，还策划一起旅行，说想带我一起看世界。

最初的偏见慢慢打消，我逐渐进入甜蜜的恋爱状态，常和闺密梁薇分享恋爱心情。听说我交了男友，她当即激动地表示要见见。

"还没稳定呢，以后再一起吃饭。"我总是这么推托。

比闺密先找到男友多少有些骄傲，但我不敢轻易答应梁薇。我们从高中就在一起玩，审美喜好相同，都喜欢扎马尾，穿同款式的衣服，零食总是买双份，什么都一起分享。高考时，我和梁薇特意报了桂林的大学。

2016年6月，大学毕业，我们一起留在这座旅游城市，合租了一室一厅的房子，在卧室里摆两张小床，各睡一张。梁薇是幼儿园老师，因为工作环境特殊，她接触到的异性比我更少。周森会聊天，梁薇又自来熟，我不想过早让他们接触。

一个周末，我和周森在商场的游戏厅玩娃娃机，钱没少花，却一个娃娃也没夹中。周森半开玩笑半认真地说："你真是笨手笨脚，要换作陈莹，她起码能夹上来十个。"

"陈莹是谁？"

当时我没想到，随口一问的这个名字，会成为笼罩我们恋情的阴影。陈莹是周森交往5年的前女友，两人因异地分手。让我震惊的是，从两人分手，到周森和我交往，才过去半个月。

"从那以后我开始喜欢圆脸的女生。陈莹是，你也是。"周森说得漫不经心。我暗自腹诽，在现任面前这么说合适吗？但为了抓住25年来第一次恋爱的机会，我假装不在意。

二

想不到，我的大度竟给了周森向我倾吐思念的机会，他总是见缝插针地讲与陈莹有关的事。

虽没见过陈莹，但我把她的性格爱好了解得一清二楚。

她是个宅女，喜欢吃辣，喜欢动漫，毫无生活自理能力，连菠萝是长在树上还是地里都分不清。因为陈莹很怕孤单，大二时，周森在学校外租了房子，每天洗衣做饭照顾她。两人仿佛小两口一样过日子，令我十分嫉妒。

周森说，陈莹喜欢玩游戏，许多男玩家给她寄礼物，她都不懂拒绝。

"不懂拒绝？她就是想要吧。"我翻个白眼。

周森反驳我："她是太单纯，不懂这些。"

周森对陈莹的维护让我很吃醋。一次约会，周森对我说："虽然我和陈莹分手了，但我们说好要继续做兄妹。如果以后我们俩结婚，我想把她接到家里来住段时间。"

"什么？和我在一起之后，你每天都在念叨她，还想让我好吃好喝地伺候你们？"

忍了这么久，周森的话终于让我爆发。带着不安，我偷偷检查了周森的手机。果然，他们仍保持联系。陈莹经常给周森发自拍，周森也常给她发红包。知道我俩交往后，陈莹大发雷霆，还惩罚周森给她买口红。

她凭什么生气？之前，我只是为他们的感情吃醋，但现在，陈莹不再是假想中的第三者，而是一个真实的障碍。我隐隐觉得，在这个障碍面前，周森未必会选择我。

悲伤和愤恨一起涌来，我头脑混乱地回到出租屋，哭着跟闺密梁薇吐苦水。

听我陈述完一切，梁薇果断地劝我及时止损。但说到分手，我又有点犹豫："其实周森除了爱提前任，其他方面都对我挺好。或许时间长了，他就会把陈莹忘了。"

这么一说，梁薇倒也理解，但理由和我不同："周森家庭条件不错，换一个，可能条件还不如他。"

见我犹豫不决，梁薇提出对周森进行爱情忠诚度测试，她可以加周森微信，以陌生女人身份来测试周森。她认真地看着我："要是他既选择你，又对其他美女无动于衷，肯定是最好；要是他稍微有些不忠心，你马上就有借口分手，还能及时止损。"

这话一下就触动了我的心。

三

我和梁薇为测试周森做了周密的计划：先让梁薇换上一个美女头像，朋友圈关于我的信息全部隐藏。接着，梁薇以在游戏上认识为由，向周森申请好友，通过之后，按照我事先告知的一系列周森的兴趣爱好，和他聊天。

我还可以进一步观察，周森是否愿意公开自己非单身的身份，会不会对陌生女人动心。

制订好计划，我把微信号发给梁薇，叮嘱她明天一早添加，我刚和周森互道晚安，他应该已经睡了。梁薇突然从床上弹坐起来，激动地告诉我："周森通过了！他根本没睡。"接着便拿起手机，噼里啪啦地打字。

看到梁薇这么快就和周森搭上了话，我心里有点不舒服，以为她会把聊天全程向我公开。这时提醒已经太晚，我只好口头阻拦："可能他临时有事，你还是明天再回他吧。"作为朋友，我希望她能自觉尊重我这个"正牌女友"。

梁薇啧啧摇头："并不是，他正在玩游戏呢。"说完，拿着手机钻进被子。

我突然冒出一个意料之外的念头。梁薇帮我测试周森，但很难保证他们不会私下频繁联系。周森外表粗糙，聊天却很有一套。我担心他们越聊越投机，十分不安，但碍于面子，我不好意思直接提醒梁薇。

我悄悄在微信上问周森："睡了吗？"迟迟没收到回复，梁薇的被子里却一直闪着光。我很想提醒她注意测试的界限，又怕说出来会显得自己小肚鸡肠、不信任友谊，只好劝自己不要多想。周森喜欢圆脸的女孩，而梁薇是个尖下巴，并不是他喜欢的类型。

那天之后，我开始格外留意梁薇的一举一动。她拿起手机，我就怀疑她正背着我和周森说话；她回家时间比我晚，我就会猜测她是不是和周森私下见面。

我常常故意问她："周森又不回我信息，你在和他聊着吗？"即使得到否定答案，我也放心不了多久。

对待周森，我就更不信任了。一次约会，周森看手机时间很长，我猛地把手机夺过来，嘴里叫嚣："又在和谁聊天，连饭也不吃了。"我低头看看手机，屏幕上正显示公司发来的通知。

"你最近是不是神经敏感？"周森把手机抢回去，眼神充满诧异和不满。

疑心病发作得毫无凭据，完全控制不住。一周后，梁薇终于当着我的面和周森聊了一次。在我提供的信息下，梁薇知道周森所有的喜好，每句话都能投其所好，他们已经聊得很熟络。面对梁薇这样一位陌生知己，周森坦言，他已经和前任彻底分手，现在的情谊只是基于亏欠。

明确了周森的态度，我大为放心。这段时间疑心病把我折磨得苦不堪言，我打算叫停测试："要不你把他删了吧，剩下的问题，我和他慢慢沟通解决。"

梁薇却不赞同："这才哪儿到哪儿？刚问出第一个问题，你性格这么软弱，现在不测，以后肯定会再求我，干吗不直接一步到位问清楚？"她把手机从我手里抽走，不让我再看聊天记录。

我开始后悔让梁薇测试周森，酸溜溜地说："那你倒是把聊天记录给我看啊，藏着掖着干什么？"她听出我话里有话，似笑非笑地看着我："朋友的醋也要吃吗？"接着把手机塞到枕头底下，闭上了眼。

那晚我始终没睡着，在心里反复问自己，究竟喜欢周森到什么程度，如果梁薇也喜欢上他该怎么办。

不管是前任陈莹，还是闺密梁薇，我都不想输。

四

我害怕周森被抢走，再也不轻易发脾气，对他颐指气使。周森加班时，我还给他买晚饭，用体贴来弥补测试他的内疚。

周森不知我行为改变的真正原因，但被我感动，主动保证不再提陈莹。这让我开辟了新思路，好好经营感情，或许能逼退梁薇。我对周森照顾得愈加勤奋，吃穿用度都按他喜好来，不再让他买小礼物，还给他买鞋子、钱包。

梁薇给我聊天截图的频率已经从一两天一次，拖到好几天一次，有时我询问进展，也被她用一句"还没测出来"敷衍。这种态度让我心中警铃大响——周森这么会聊，梁薇这么能聊，他们聊到什么程度，我完全无法控制。

那段时间，梁薇和我说话总是心不在焉，也不再和我分享小秘密。我只得从周森的身上旁敲侧击："你最近微信有没有加过什么陌生人？"周森说："加的可多了，全都是客户。"

趁周森在用手机聊天，我凑了上去，他当即慌得像只受惊的鸟，猛地跳起来，左手一把将我推开，右手赶紧把手机收进兜里。

他的手机里，可能真的有我见不得的内容。

周森是集邮爱好者。2016年12月，会展中心举行国际邮展，我们一起去逛，买了一整套生肖邮票。周森拿出猪的生肖邮票拍了张照片，又放在我面前比画，开玩笑说："猪，这就是你。"我笑嘻嘻地拍他。

回到家，我炫耀似的把和周森去邮展的事告诉梁薇。她十分平静，还主动提起："邮展我知道，有个猪的生肖票挺好看的。"

撂下这话，她拿着衣服走进卫生间，却把震惊留给了我：她对邮票不感兴趣，却突然说起猪的邮票。

我拿起梁薇的手机，点开微信，发现梁薇已经把和周森的聊天置顶。他们的聊天频率，比我和周森还要多。最新的聊天记录里赫然躺着一张猪票的照片，正是周森当着我的面拍的。他把照片发给了梁薇，紧跟着，发了同样一句话："看，这只猪就是你。"

难怪梁薇拒绝终止测试，原来已经和周森聊得这么暧昧。来不及详细看前面的聊天记录，我冲进浴室，把手机砸在梁薇面前，面无表情地说："你可真厉害，还说什么后患无穷，你才是那个后患。"

梁薇震惊地看着我，似乎想要说什么。我没有理会，简单收拾了一下东西，立刻搬出合租屋。

当天，我联系周森坦白了一切，对着手机骂他："你一句话对两个女人说，不嫌自己恶心吗？"

我已经做好了和周森大吵一架的准备，谁知他反复问我："你找人来测试我？"

"不行吗？你连这么点考验都经受不了。"

"那你直接说分手就行了，绕这么大圈子干吗？"他挂断电话，不再听我咒骂。

五

事情已经和最初的预想背道而驰。我想不通为什么会变成这样，暗暗猜测，也许梁薇以自己和周森在一起的方式，想让我和不靠谱的周森分手；或许，是见我交了家境好的男友，出于嫉妒从中作梗。

最后，我断定梁薇想攀上周森。毕竟，我们都是外地人，周森却是有车有房的本地人。早年，梁薇说过，她觉得人格品质都不重要，只有钱才最实在。高中时我们不同班，她常常借着找我玩的理由和我的朋友熟络，最后我的朋友都成了她的朋友，甚至他们的关系比和我亲密。

这些事情那么小，过去我从不在意，现在却整夜地想，气得流了一夜眼泪。

爱情以最憋屈的方式结束，友情也搅进这潭浑水。我难过又愤怒，在朋友圈将梁薇的所作所为全部披露，还到梁薇常去的论坛和贴吧曝光、咒骂，快意恩仇。

梁薇是市里某所公立幼儿园的在职教师，师德和外在评价对她而言极为重要。事情传开后，不少儿童的家长知晓此事，直言她不配担任教师。在这样的压力下，梁薇遭到园方的降职，从带班老师降成了保育老师。她给我发了很多信息，说已经把周森拉黑。我把信息全部删除，从不回复。

我只想不计代价地报复，隔三岔五就给周森打骚扰电话，还通过介绍我俩认识的朋友，把他的行为宣扬了一通。朋友对此事难以置信，再也不和周森说话，嘱咐其他人，以后谁也不要给周森介绍女朋友。

过了好几个月，愤懑才逐渐平息。报复的快感转瞬即逝，想起梁薇，还是如鲠在喉。

2017年春节刚过，我收到梁薇的信息。她说自己已经从合租房搬走，里面还有一些我的东西，让我有空回去清理。

周末下午，我回到合租房。梁薇的行李已经搬空，零零散散留下一些带不走的东西。黑色的电饭锅外壳结着米浆，摆在柜子上，让我有点愣怔。大学时，我和梁薇说好毕业后住在一起，直到其中一人出嫁。搬进合租房时，为了庆祝，我特意买回这口电饭锅。

梁薇买的保温壶还摆在架子上。幼儿园食堂时不时给她们煮些小吃，她总是用这个保温壶装回来给我。

我在屋子里呆愣着坐到了晚上，脑子里全是这半年发生的事。即使没有梁薇干扰我和周森，前任陈莹也是定时炸弹，或许还会有别的女孩插足。感情无法处处提防，我总不能与全世界为敌。这场人性测试游戏，大家各凭本事做人渣，我怨不了谁。

离开合租屋，梁薇发来短信，是时隔许久的抱歉。看完长长的一段话，我回复她：有空一起吃饭。

她答好，但我们再没见过面。我知道，我们再也不会推心置腹了。

文 / 李星

去洱海边告别世界的女孩

如果没变成自己想要成为的人，至少还可以不活成自己不想成为的样子。

一

去年我刚毕业就丢了第一份不错的工作，于是独自去云南旅游散心。

大概是因为我满脸写着落寞，看起来也老实，所以在去大理双廊的面包车上，莉莉才会问我是不是一个人。

当时车还停在火车站出口招徕客人，我坐在副驾驶座位上，莉莉从后面探出头，拍了拍我的肩膀。她说："我们可以一起旅游吗？我也一个人。"我愣了愣，觉得这个邀请有些唐突，但还是互留了联系方式。从后视镜里看到，莉莉戴着宽檐帽，瓜子脸，皮肤白皙，应该二十多岁，比我大。

来大理之前，我已经走走停停了几个城市，但依然和出发时一样沮丧。一个人的旅行实在太煎熬，路过"第二杯半价"的店铺的时候，我就会想起这件事情。

那之后的车上我们没再讲话。司机把乘客依次在路边放下，大家都是成双成对。到莉莉的时候，她一个人双手提着巨大的粉色行李箱走下去，隔着车窗对我招手。车开始移动，她对着我大喊："再联系！"

后来我知道，她之前也和火车上遇到的一群人搭伙一起旅游，后来他们去了尼泊尔，莉莉才一个人来了大理。

在双廊，我们住的地方不远，第二天早上莉莉发信息约我出去走走，我也没有特殊安排就出了门。因为下雨，村落里的路很泥泞，地摊上摆着粗糙的瓷器，还有一些廉价的挂饰和干瘪的鸡血藤，甚是索然无味。

但莉莉撑着伞，脖子上挂着单反，左右看看，对一切都很好奇。她不停地在景物前给我拍照，还叮嘱我看起来开心一点，我在心里暗暗埋怨她的俗套。

走了一会儿之后，我们决定离开村落，直接叫一辆车进古城。在路上，她说客栈的房间很紧俏，我们商量着订了标间。为了避免多余的猜测，后来她一直在前台称我们是姐弟关系。

车上莉莉耷拉着脑袋，把脸靠着一旁的窗户。这时候我才发现，她的脸色很差。但莉莉解释是昨晚没睡好，我便没有多想。直到当天下半夜，我被厕所里传来的呕吐声吵醒。

我拉亮床头灯，看到她抖着手从包里取出药片盒，吧嗒一下打开，白色的药片几乎全撒在地上。我下床帮她收拾好，到外面的自动饮水机下给她接了一杯温水。"吃坏东西了吗？"我问。"不是，老毛病……不会传染。"

莉莉白天会化浓妆出门，可能因为卸了妆再加上生病，那天晚上她看起来尤其憔悴。可我还是能看出来，她的脸苍白得不正常，不像是简单的老毛病。

二

次日，我睁开眼睛的时候，莉莉已经洗漱完毕。她躺在床上，在背后塞了几个枕头，正在看我昨晚放在床头柜上的书，主要讲的是一群身患疾病的人在疗养院里思考人生的故事。

因为昨晚没睡好，我又躺下去，一直睡到了下午。2点多，我们出门到古城里的一家小吃店吃午饭，点了两碗面。吃面之前，莉莉再次从包里拿出药盒，用面汤把药丸送下去。她做完这一套流程，我们面面相觑。

沉默了好几秒，她才收好药说："如果我们还要一起走一段，有些事情你可能要知道。"我点点头。"我病了，脑袋里长了个胶质瘤，在一个没办法动手术的位置，医生说还有几个月时间。"她说的时候很平静，好像在陈述这碗面的味道一样。

"到医院去或许可以活得更长一些，可以化疗，但只能延长一些时间。我不想在身上插那么管子，那样也太难看了。"她一边说，一边低头用汤匙玩弄碗里剩下的面条。虽然我们没认识多久，但我还是难过地放下了筷子。

"你别这样，没什么大不了的。"她又搅和了一会儿面汤，盯着我的眼睛，接着说，"你假装不知道就好，我不舒服的时候，也当作没有听到，可以吗？"我答应了她。

之后，我们就在古城里转悠。下午的天气很好，空中飘着几片云，因为海拔高的缘故，天特别蓝。古城的城墙上有一棵巨大的柚子树，这次我提出要给她拍照。莉莉把相机摘下来给我，小跑到柚子树下，扶着宽檐帽，风吹起裙摆，像是周末跑来家里帮忙补习的邻居姐姐。

她说自己从小就听话，成绩也很好，高考进了一所985大学，学会计专业，毕业后也顺利去了知名会计师事务所上班。

职场新人总是不值钱，每天加班也没有加班费。合伙人总觉得他们应该满足于能得到这个机会，而不是总在乎银行卡上的钱。为了自己的职业生涯，也没有人敢多说几句。

同一组怀孕的女孩不是流产，就是主动终止妊娠。高强度的工作让莉莉成为恋爱的绝缘体。

还没有进社会的时候，莉莉有很多想做的事情。她想学一门语言，到处旅游，盼着日后挣钱了，带着爹妈和男朋友一起去。

可是毕业后的几年，她要把五个脚趾挤进只有两指宽的高跟鞋里。遇到忙季的时候，她凌晨下班，睡两三个小时后，第二天等着她的是新的出差任务。

她想换一个工作，但事务所待遇确实不错，并且家人总是说："不知道你还有什么不满意的地方，多少人挤破了头要进你的单位，你却想着辞职。"她不快乐，但是别人都觉得她应该快乐。

"我想脑子里的肿瘤就是积攒了很多不快乐才长出来的吧！它和我说，不要去上班啦，躺下吧，休息休息。但是我没有听，于是它越长越大。"

她试过化疗，但是副作用就是失眠，掉头发，全身疼痛，不能说话，偶尔咳血。每天她什么都不能做，只能躺在那里，家人端着脸盆来给自己擦身子。

家人轮班来医院"上岗"，周六日、小长假不好请假，就再加上年假。治疗的开销太大，虽然医保和商业保险解决了大部分费用，但眼看着积蓄逐渐被消耗完，她不忍心，就索性决定出来一边旅游一边等死。

"横竖都是一回事，我为什么要折腾别人还折腾自己？"她停顿了一下，接着说，"从前我妈总催着让我找个对象，早点儿结婚，我也这么期盼。病了以后才发现，如果把结婚和买房子这两件事从人生计划里剔除，我本可以活得更广阔一些，不至于过得那么窘迫和局促，我会做更多让自己快乐的事情。"莉莉说这些的时候云淡风轻，在我听来却很残忍。

那天我们去了一趟寺庙，从来不信教的莉莉进去烧了几炷香。她许了一个愿望，希望肉身死亡之后，自己还能继续存在，她不想消失。

三

两天以后，我们乘坐火车离开大理，前往大研古镇。这趟旅途是临时决定的，又是夏季，大多数客栈都满了。莉莉只好订了一个最贵的蜜月套房，在客栈的顶楼，屋脊上开了一扇天窗，门外是一个平台，放着秋千和沙发。

客栈老板阿豹向我们介绍，天气好的时候，房间可以看见对面的雪山。说这话的时候，阿豹的眼睛无法从莉莉身上挪开。的确，莉莉长得不错，性格又开朗，是容易让人一见钟情的那种女生。

由于我们订的是蜜月套房，阿豹在柜台后不停地打量我。过了一会儿，他帮我们提行李上楼，莉莉走在前面，他假装聊天一样问我："你们是来度蜜月的吗？"我说不是，她是我姐姐。阿豹松了一口气似的，拍拍额头，笑着道："啊，就说看起来不像。"

阿豹身高一米八左右，长相很硬朗，看起来30岁左右。他留一把头发，在后面扎起来，喜欢穿亚麻长衫，手上戴泰银戒指。他不像是本地人，应该是隐居客，有两只狗和一辆哈雷摩托。

由于蜜月房只有一张床，所以她睡在床上，我睡在沙发上。下半夜，她待在厕所里的时间格外长，呕吐声很激烈，像是要把五脏六腑都吐出来。中间有几个很长的间隔，我都担心她是不是在里面昏倒过去，准备起身去查看，她又呕一声，我就又躺下。

一直到外面山林里的鸟儿和青蛙都不再叫唤，莉莉才从厕所里出来，把灯关掉。她睡着了，呼吸变得平缓。

我想起自己之前和她抱怨工作，她和我说：“你觉得工作很累，或许不是因为那是一份累人的工作，而是因为那是一份你不喜欢的工作。任何人做不喜欢的事情，都会累吧。”

在刚毕业的时候，我想去当咨询师。但我考研失败，学历不够，只能去银行做财务，每天都和票据、凭证打交道。

我力图用平庸来安慰自己，做一个普通人至少可以拥有普通人的快乐，却一直开心不起来，最后选择了离开。我不知道这种放弃是对是错，毕竟人要生存，而银行财务是一个看起来不错的铁饭碗。

那天晚上，我没入睡。

四

第二天清晨，我们搭车前往拉市海。莉莉的脸色格外难看，我见她吃了比往常剂量大的药片，也只能勉强压制痛意。

车停在一片向日葵田旁，我们走下公路，套上鞋套，走进湿地里。到了一个小码头，接应的人把我们送上一条两人座的皮划艇。天气晴朗，风停了，水面平静得像一面镜子，水下长着茂盛的水草，一株一株。偶尔有几尾鱼游过，桨划过去，它们就扎进水草底下。

中午我们在湖中央漂浮的烤鱼店吃午餐，本来那餐馆应该跟着风向在湖中央晃荡，但是那天没有风，所以我们一直待在一个地方，看四周波光粼粼。莉莉看着周围的美景，深深吸了一口气，好像要把这里的一切装在肺里带走。

她说："我觉得应该回去了。"

"那我帮你订机票。"

"不急，再待一两天，阿豹客栈的套房续到了后天。"她低头接着吃饭。

去拉市海的前一天晚上，阿豹约莉莉一起出门遛狗，他们俩到晚上9点才回。回来以后，我隔着一道墙问正在洗澡的莉莉："你觉得阿豹怎么样？"她说："还不错呀，很幽默，三观也挺合得来。"然后我们没有谈更多，我怕话题说着就说到以后，莉莉会不高兴。

回来的那天晚上，他们又出去遛了一次狗。莉莉特意换了一套新衣服，涂好口红出门。我趴在天台的木栏杆上，看她和阿豹一人牵着一只狗，走下门口的石阶，到古镇主干道的青石板路上。

回来以后，莉莉早早地睡着了。零点刚过，我听见阿豹敲门的声音。他在门外喊了几声莉莉的名字，很小声，怕吵醒她，但又想得到她的回应，卑微的音调。我躺在沙发上，犹豫要不要去开门。几分钟后，阿豹离开了，踏着楼梯下去，嘎吱嘎吱几声，一切又安静了。

次日，院子里出现一个花瓶，里面插着一束长茎玫瑰。花瓶是新的，花也是新鲜的。

我发信息问了阿豹，知道昨晚是他备好了花，但是临时又怯场，让我不要告诉莉莉。当然我还是说了，但她最终决定假装不知道。

"你根本没睡着吧，昨天晚上？"我问莉莉。

"我挺喜欢他的。我只是不想自己有'要是我能活长一点'的想法。如果在这个时候遇到对的人，那样也太难过了。"

第二天，我们提前退房离开。

五

我和她最后的一面是在长水机场。

我的飞机是晚上 10 点，莉莉是 8 点 50 分。她从包里拿出一台立可拍，想拍照留念，但由于不是行家，大多数照片都糊了。

走的时候，她不让我送，一个人走上机场的步行传送带。看着她走远了，我又追过去，像她第一次拍我一样，在她背后拍一下，说再陪她走一段。没什么话可以说，也不知道要说什么，我们都知道不会再见了。

快到的时候，莉莉坚持要我回去。我就停下来，站在那里，眼看着传送带把她越送越远。至今我还记得，她的登机口是 40 号。

之后我们没有再联系。

有一次换工作搬家，不得已要清理东西，我翻看之前莉莉看过的那本书，才看到她在书里夹着一张明信片。明信片背后没有写字，就画了一个巨大的笑脸，笑脸旁边用纸带胶粘着一张薄薄的记忆卡。

我把卡片插到读卡器再插进电脑，里面是我们在旅途中听的几首歌和拍的部分照片。她把有她的照片都删除了，只留下我的，她把所有的记忆都留给我了。

我拿起手机，想给莉莉从前的号码发信息，在输入框删删减减。

想跟她说我后来换了好几份工作，找到了自己喜欢做的事情。虽然还没变成自己想要成为的人，但是至少没有活成不想成为的样子。我今年准备继续考研，承认自己没办法在平庸里获得心安理得的快乐，那就只能继续往前走，承受变强的考验。虽然痛苦，但至少自己是开心的。

打了好长一段话，后来又删掉了，最后只发出去一个笑脸表情。没有回复，但是我觉得她看到了，她不会消失。

文 / 吴以朔

和供我上大学的男孩分手

恋人们的关系在校园时代总是很纯粹，进入社会后，也总是容易被膨胀的物欲染上灰尘。

一

我换上红色中式旗袍，踩着6厘米的高跟鞋，小心翼翼地端着刚出锅，还咕噜咕噜冒泡的酸菜鱼。或许是因为太紧张，脚底打了滑，整盘酸菜鱼倾倒下来，滚烫的汤汁浇在左臂，瞬间起了一圈水泡。

做兼职服务员的第三天，我便烫伤了。得知消息，男友航宇从上海赶来。看到我涂满药膏的手臂，他一脸心疼："大学生最主要的任务是学习，而不是浪费时间做这些人人都能干的事。"

航宇又说："以后我给你钱，就当你给我打工吧。"我坚决地拒绝了。

我在河南一所高校读大一，航宇在上海一家地产公司做租房中介。我知道他收入不高，上海开销大，吃饭房租人情往来都要花钱。每隔两三个月，他来学校看我一次，为省钱，每次都坐近 17 个小时的火车硬座。

航宇没再提这事。我们沿着操场外围散步，航宇手搭在我肩上，听我兴奋地谈论着学校的新鲜事。两人都走累了，他脱下外套，铺在草坪上，让我枕着他的腿躺下。

航宇捏了捏我的左脸，问："月月，你上大学为了什么？"

"换种活法吧。你看我表姐结婚后困在家，一辈子围着老公孩子转。想想就没劲。"

"那你更应该把精力放在学习上。等毕了业，多的是挣钱的机会。"我被说服了。航宇笑笑，认真记下我的银行卡账号，说每月一号准时给我打生活费。

我读大学的这四年，航宇在上海跑过工地，摆过地摊，跟过运输，高中毕业的他换了好几份工作，每份工作都做不久。我肯定他余钱不多，不过承诺给我的生活费，他从未推迟过。

我们约好每晚 8 点通电话，室友们得知我有一个社会上的男朋友，看我的眼光暧昧起来，学校也有了风言风语。偶尔我在水房洗衣服，会听到背后有人小声议论。

独来独往惯了，我懒得解释。航宇做的是正当工作，我们和其他情侣没什么不同，尽管我花着他的钱，但我始终认为我是被资助，而不是被他圈养。

有一年元旦，航宇来学校看我，我们依偎在逸夫楼下看同学玩轮滑。我对他说："你知道吗？有人说我被包养了。"航宇笑得直不起腰，说："那我可赚大了，这点钱还能包养一个老婆。"

我站起来，作势要打他。"谁是你老婆？"航宇把我拉进怀里，用手焐住我的头，说："天真冷，别冻着我老婆了。"

大学四年，和我家境类似的同学申请助学贷款和助学金，四处兼职维持生活，有航宇的支撑，我加入文学社和话剧社，写文章，排舞台剧，徒步旅行，肆意享受着充实无忧的青春。

二

我和航宇相识在 2000 年。

小学入学那天，奶奶把我送到学校便离开，我坐在教室里，抱着书包开始啜泣。同桌是一个胖小子，理着平头，眼睛不大，帆布书包斜挎着。被我哭烦了，他站起来，将我从凳子上推倒在地。"再哭就把你扔出去。"被这么一威胁，我的哭声更响亮了。他坐在课桌上，一脸坏笑。这便是航宇。

我是班上的课代表，上课时，脊背挺得如直尺一般。航宇是班上的惹祸精，朝同学的水杯扔粉笔，上课时把黑板擦藏起来。学校墙上挂着个铃铛，一拉绳子便摇响了，老师和学生听铃声上下课。一次，航宇偷偷溜到办公室摇铃，那天全校提前十几分钟放学。低年级学生堵在校门口，等不到来接送的爷爷奶奶，扭脸哭成一团。

航宇被全校通报批评。他站在升旗台念检讨书，念完了对着台下的我龇牙咧嘴做鬼脸。我端端正正站在队伍里，内心却觉得很是有趣。

他依旧很爱欺负我。偷藏我的书包，抢我的作业，偶尔也送我贴纸贺卡，还往我的抽屉里塞情书，无视全班同学的起哄。

我不讨厌航宇。我的家庭并不温馨。父母三天两头吵架动手，半夜三更，我常要敲开邻居的门，喊人来劝架。11岁那年夏天，父亲酒后骑摩托车时掉进河里，捞上来时人已经断气。半年后，母亲再婚，继父是邻村的木匠，身体有些残疾，村里人都喊他瘸子。

2005年过完春节，继父带着我和母亲去杭州讨生活。在杭州两年，他们不断搬家、换工作，我也被迫跟着适应新环境。弟弟出生后，原本摇摇欲坠的母爱，彻底从我身上转移。

2007年，母亲将我送到老家的县城寄宿学校，我和航宇又一次见面了。

我入校时，学校已经开学。我抱着书本走到班级门口，航宇正站在栏杆前罚站。两年不见，航宇瘦了些。他穿着白色的T恤，刘海斜盖了半个额头，手上胡乱翻着一本英语书。看到我，他愣住："你回来了。"

和以前一样，航宇还是班里最活跃的那个。经历一系列变故后，我变得愈发沉默，不愿和人打交道。航宇对我处处照顾，带着我熟悉学校环境，怕我想家，他拉来堂姐陪我一起吃饭睡觉。这让我在远离父母时，感受到被人照顾的幸福。我对他有了好感。

我想航宇一定听说了我家的事，在那个不大的村庄，一点风吹草动，一顿饭的工夫便传遍了。他没问过我新家，我也没有主动提起。

学校两周放假一次，我们又是同村，航宇骑自行车载着我从县城回村里的奶奶家过周末。

进村路上有个很陡的下坡，航宇让我坐好，他带我冲下去。我胆小，拼命摇着他的肩膀要下车，他来不及刹车，连车带人滚到了沟里。从臭水沟里狼狈地爬起来，看着对方被淤泥弄脏的脸和衣服，我们指着对方哈哈大笑。

两个秋冬一晃而过。中考时，我勉强考上县城二高，航宇的分数没过高中录取分数线，最后托关系也进了二高。

高中三年，我和航宇始终不同班，但距离并未让我们疏远。二高门口有一家书店，我喜欢看书，航宇经常租来《读者》《意林》《美文》之类的杂志拿给我，见我有特别喜欢的，他就省出饭钱买下来。

偶尔我也会跟着航宇逃学，他在网吧打游戏，我在旁边看电影听音乐。网吧里烟气缭绕，人声嘈杂，我体验到了自由的快感。

年级盛传我们早恋，我俩不否认也不承认，就这样过了三年。

三

2011 年，高考成绩公布，我和航宇双双落榜。我们分别去了父母所在的城市打工，我在宁波，他在上海。继父把我送到一家服装厂，不到 300 平的厂房里挤满了几十个和我年纪相仿的女孩。我们每天工作 12 个小时。青春就像缝纫机踩过的针眼，规规整整，一眼可以望到头。

"航宇，你想过未来吗？"下班后，我给他发 QQ 消息。

"没有，过一天算一天，开心就好。"

"你怕吗，假如有一天我们不再联系了？"

"你不会的。"

"万一呢？"

"刘月，我们在一起吧。"

"好。"

相识的第 11 年，我们在一起了。一天上班时，新来的女孩因操作不当，手指被电机伤到，血流了一地。闻声而来的老板没帮女孩包扎，反而责怪她弄脏了布料。

我站在一边，忽然觉得自己无比廉价，甚至不及一件还未出厂的衣服。

我决定复读，继父很不高兴。我告诉航宇，他在上海帮爸妈做贩菜生意，很快对此轻车熟路。他很支持我，但谢绝了我一起复读的邀请，说自己不是读书的料。

我选择了隔壁县城的复读学校，那里以校风严厉著称。

高强度的学习，沉重的复读压力，加上航宇不在，我的心情沮丧到极点。

全班 72 个人，无论怎么努力，我的排名始终游走在 30 名以外。这意味着我无法考上任何一所本科院校。家人要我回来打工，只有航宇鼓励我坚持。

学校禁止用手机，航宇凌晨 4 点就要起床卖菜，每晚坚持熬到我回宿舍，在电话里确保我心态正常，他才放心睡觉。

生日那天，航宇来学校看我，带我去学校旁边的小餐馆打牙祭。

恰逢模拟考成绩出来，我的排名依旧靠后。我问他："航宇，如果我还是考不上怎么办？"

"考不上就回来当老板娘，哥养你！"

他坚定的语气感染了我，我吞下一大口蛋糕："考上了，我也给你当老板娘。"

在航宇的陪伴与鼓励下，那年高考我超常发挥，分数超出二本录取线 19 分，被一所师范学校录取。

当我开始憧憬大学生活时，家人在为总共 5000 多块的学杂费争吵不休。继父觉得我没考上好大学，一年要花一两万，不值。放到现在，我可以理解他的难处。母亲没工作，两个弟弟还小，爷爷奶奶年纪大了，他一人靠修车铺养活支撑一家 6 口人的生活，肩上的担子太重，可当时的我不这样想。

和继父大吵了一架，我揣着200块投奔在上海的表姐。在上海松江一家电子厂贴了一个月产品标签后，我赚到3800元，去掉花销，学费还差着近2000元。

航宇绕了大半个上海来看我，看到我为学费一筹莫展的样子，他抱住我。他身体结实了不少，脸晒得黑黑的，手心磨了一层厚厚的茧，我沉溺在自己的烦恼中，没有留意。

航宇走后，我在包里发现一张银行卡，卡里有2000块。

"密码是你的生日，天塌下来，还有我呢，别怕。"航宇发来短信说。

四

进入大学不久，奶奶中风偏瘫，继父关掉修车铺，带着我妈和弟弟们回到老家，家中一时没了收入。我渴望自食其力，第一次兼职遇挫后，我选择接受航宇供我读书的提议。

时间冲淡了最初的感动与不安，后来，每月按时收到航宇的划款，我竟有种心安理得的坦然。

航宇曾认真地问我："月月，等你毕业后，你会不会觉得我配不上你？"我朝他胸口上打了一拳："当然不会，你是最棒的。"

闺密也问我："你们异地，学历相差那么多，你确定能走到最后吗？"我无比坚定地说："确定，不可能有第二个人对我这么好。"

我幻想着毕业后和航宇同住，养一条叫豆包的狗。每天我做好早餐喊他起床，白天各自奋斗，晚饭后一起遛狗。再平淡的日子，只要有航宇，千金不换。

2016年夏天，我大学毕业，不愿去上海，航宇便来了郑州，我们开始同居，起初，同居生活确实如我设想般甜蜜。

不过脱离了金钱的浪漫实在经不起推敲。我学历一般，又缺乏实习经验，找工作并不顺利。不久，航宇在工作时腿部骨折，只能辞职养伤，坐吃山空的我们，日子捉襟见肘。

在航宇的保护下，我一直生活无虞。第一次直面现实的残酷，我的脾气愈发暴躁，情绪无可宣泄。我开始挑剔航宇的发型和穿着，有时他忘记收晾在顶楼的衣服鞋子，我也会大发脾气。航宇只是忍受着，不曾吼过我半句。

一个多月后，我入职一家快消品公司做文案，不多的薪水刨去房租和一日三餐后所剩无几。为改善经济状况，航宇不顾尚未养好的伤，送起了外卖。

一天，我加班到晚上10点多，走出办公楼，身后零星地亮着几盏灯，我有些害怕，打电话让航宇接我。

航宇赶来已经是半小时后，手里还拎着我最爱的糖炒栗子。他解释自己刚送完订单，来晚了。

在寒风中站了半小时、又冷又怕的我委屈极了，冲着他大喊："钱钱钱，送外卖能挣多少钱？你这辈子都给不了我想要的生活！"

一整袋栗子砸在航宇身上，撒了一地，航宇不认识似的看着我，什么都没说，捡起栗子扔进垃圾桶。我看着他的背影，想起一句台词：他好像一条狗啊。

我们再没提起那次争吵，可有些伤害一旦造成，就像一张被水浸泡过的报纸，无论怎么被时间风干，都抚不平了。

那时航宇最大的消遣，就是在 K 歌软件上唱歌。他最拿手的一首歌是《做我老婆好不好》，骑车唱，做饭唱，连洗澡都要哼上几句。

我笑他土。他一本正经地说，你要用心听，歌词是为你量身定做的，以后要在婚礼上唱。我故作呕吐状，婚礼唱这首歌，鬼才想嫁给你。

在郑州，我们少有快乐时刻，多的是分歧和不解。我喜欢看《奇葩说》，翻余秀华的诗集，航宇沉迷《喜剧总动员》等搞笑综艺。他不明白一个无聊的辩题有什么好讨论的，我也搞不懂他为什么钟情于低级笑料。理解不了彼此，后来，我们抱着手机，各看各的。

五

也许是碰壁太多，航宇频繁提出一起回老家。"在县城买个房子，你当老师，我做点小生意，不挺好吗？为什么非要在外面漂着？"

我不想。我所有的努力都是为了逃离家。那个连高铁都没通的县城，不在我的规划里。我想看看外面的世界，好不容易走出来，就这样灰头土脸地回去，我不甘心。

年底，我们回家时，航宇妈妈问我："月月，你书念完了，航宇等了你这么多年，什么时候结婚……"航宇也看向我，我转过脸，避免和他对视，像一条从砧板上奋力逃跑的鱼。

年后回郑州，躺在即将拆迁的城中村，我们相对无言，各怀心事。大学同学邀请我去北京，她在一家互联网公司上班，可以内推我一份还不错的工作，航宇准备回上海。在郑州短短半年，我们身心俱疲。

我和航宇约定，等我工作稳定了，他就来北京和我团聚。来到北京，看到高楼林立，车水马龙，随着经济状况的好转，我慢慢改变了主意。提起航宇，我不再像大学时那般骄傲，我开始有意无意地对身边的人隐瞒他的存在。

航宇发来消息，我偶尔回复一两句。微信视频通话时，我故意不看他的脸，也拒绝他来北京看我的提议。我恶毒地想通过冷战结束我们的关系。

大半年后，航宇似乎也倦了。他在微信上问我："月月，我去北京陪你吧。"

我没有回复。他再不是那个为我摆平一切的少年，而是一个没有稳定收入，或许还会拖累我的包袱。他曾经是我人生的踏板，我踩着他一步一步往上爬，等我爬上山顶，他就没有存在的必要了。

两小时后，航宇又发来消息："你是不是有别人了？"

我依旧不回复。我想，只要能分手，让他误会也没什么不好。

又两个小时过去。他问："你不要我了吗？"

我秒回："嗯。"

航宇说："我知道了，让我再看看你吧！你别怕，我不纠缠你，我去北京见你最后一面。"

2017年国庆假期，我们在北京上地一家影城看了最后一场电影《羞羞的铁拳》。黑暗中，航宇几次试图牵我的手，我都躲开了。他距离我，距离我的手那么近，又那么远。最后，他陪我坐到电影落幕，安静得如同一尊雕塑。

分别时，我递给航宇一张卡，里面是我的全部积蓄。我告诉他，我会定期汇款，偿还那些年他供我上大学的钱。

航宇帮我将头发别到耳后，说："不用。照顾好自己，以后我就不在了。"

我去北京站送他。航宇穿着情侣卫衣，眼神疲惫，头发凌乱地瘫在脑门上，整个人单薄到似乎连拥抱的勇气都没有。

他彻底消失在进站口时，一心想甩开他的我，心一下子空了。

六

独自北漂的两年多，最初的新鲜感褪去后，孤独成了常态。每个夜晚，我关掉灯，一个人站在阳台上抽烟，万家灯火，没有一盏因我而亮。

和航宇分手半年后，我在社交网站上认识了一个男人，这场恋情持续了 10 个月，比起同航宇在一起的 6 年，实在过于短暂。后来，我抱着手机苦等回复，彻夜难眠时，突然理解了航宇当时的痛苦和煎熬。为得到对方的回应，我不断投喂红包和礼物，幡然醒悟时，我已花去大半存款，其中包括准备还航宇的钱。

我无比唾弃自己，也疯狂想念航宇，向发小打听他的近况时，得知他已经订婚。

2019 年冬天，我去沈阳出差，走出火车站时，地面覆盖了一层薄薄的雪。拉着行李箱走在异乡的街道上，看着飘落的雪花，我心里一阵悲凉。我想起三年前，郑州下雪时，航宇来接我下班，身上落满雪的他跑向我，勇敢而坚定。

在酒店住下后，我找到航宇的手机号，拨出后迅速挂断。我想，我不配再打扰他的生活。

从沈阳回来后，我递了辞呈。我需要停下来，想一想自己到底要什么。

不久后，我回了趟老家。回京前一天，我去航宇家附近转了转，我看到骑着电动车的航宇，后座上载着他的新婚妻子，他穿着一件红色外套，人看起来胖了些，嘴里还哼着歌："如果你疲倦了外面的风风雨雨，就留在我身边做我老婆好不好……"我们之间相隔不过一两米之远。

我知道，那个寒夜，他冒着风雪跑向我，两人相拥时，我心里理直气壮的踏实，再也不会有了。

文 / 刘月

一场不到五百元的婚礼

一场婚礼涉及两个家庭，但好的爱情只是两颗心的事。

一

清早，我提着夜壶去公共卫生间。这天起晚了，在二楼拐角处遇上熟人，我忙低着头快速走过。

我和男友黄源在城中村租了一个单间，单间没有独立卫生间，晚上只能用夜壶，第二天早起去巷口的公厕处理。我俩都不愿意干这活儿，索性排了一张表，两人轮流去，表格就贴在门后。

城中村依河而建，一年四季弥漫着异味，公共垃圾箱的垃圾常常无法物归其位，石子路坑洼粗粝。我们所住的大院楼上楼下各住四户，租的单间是二楼楼道口左边第一间，隔音差，从早到晚，人声、脚步声清晰可辨。

那时，我们刚在一起不久。我在一家杂志社工作。为结束异地，黄源辞掉老家县城的工作，在郊区一家化工企业从室外工人做起。选择租住在城中村，是考虑到离我单位近，只有20多分钟车程，房租也便宜，一年只需6000元。

为省钱，我们自己做饭。黄源从公司到家要一个多小时，我先下班回家，去附近菜市场买菜，在家里做完饭等他回来。他是典型的陕北人，最喜欢吃面条，内容单一，我就在形式上下功夫，夏天做凉面，冬天做汤面，最后撒上香油、麻酱、葱花，面条素朴，但他总是捧场地吃上很多。

饭后，黄源主动洗锅刷碗。两人偶尔奢侈一把，花三四十元钱去看电影，更多时候窝在家里趴在电脑前追剧。

房子没有暖气，冬天要生火炉。天冷后，我和黄源就去农贸市场买柴火和煤炭。起初我不会生火，每次生火总要灭火好几次，熏得人眼泪直流。火炉里冒出的气味散不尽，衣服上总能闻到一股烟熏味儿。

冬天最开心的是能在火炉上烤红薯。我躺在被窝里写稿子，黄源蹲在炉子前翻着炉膛里的红薯。红薯是从菜市场挑的，紫红色的外皮，在炉膛里绽皮，内里渐渐变成蜂蜜般的黄色……烤熟了，我们像两个孩子，围着烤红薯，在生活里苦中觅甜。

二

认识黄源，是在我失恋后不久。

2011年，我21岁，大学毕业，两年的爱情也毕了业。前男友一米八多的个子，剑眉星目，他从部队退役后便待业在家，一直不提找工作的事。当时我进入一家纸媒工作，迫切想要站稳脚跟，每天出去跑新闻、采访，因写稿熬夜到凌晨是一种常态。

无法忍受男友对未来的毫无规划，我狠下心做了了断。虽是和平分手，但有段时间，我依旧会整晚失眠。

朋友看不下去，对我说，想要从失恋的痛苦中走出来，最好的方式就是找个人恋爱。我迫切渴望结束眼下痛苦的状态，当即答应。她向我介绍了黄源。

黄源，大我5岁，大学学历，家在农村，在县城油田上工作好几年了。这是朋友告诉我的信息。

这年7月，我和黄源在QQ上聊了一阵后，约在车站见面。黄源从工作地所在的县城出发，坐三四个小时汽车来市里。我在出站口处的座椅上等他，一直到中午十一二点，我才收到黄源发的短信，他下车了。

我一眼认出他。和照片上差别不大：一身蓝色运动装，皮肤黝黑，脸庞黑瘦，小眼睛，戴一副黑框眼镜，头发垂到耳际，整个人看起来有点不修边幅，我心中不免失望。

黄源四处张望，往前走几步，再往后退几步，找不到人便拿出手机给我打电话。

直到他走到车站门口，我才跟上他，并排走着。他发现是我，只是一笑。

我有些意兴阑珊。路上，他说一句，我答一句。我们在当地的古街、公园转了转，正午的日头毒辣。在城墙边上，我们遇到一个正往古墙上刻字的年轻人，黄源立马过去制止，语气礼貌但坚定："请不要在这里刻字。"我对他有些刮目相看。

走了一阵，两人都饿了。黄源问我想吃什么，我说随意。他径直走进街边一家凉面店，点了两碗凉面，一碗7块钱。第一次约会，我难免会期望浪漫的西餐厅、鲜艳的玫瑰花，和预期有了落差，我囫囵吃下，也不记得是什么滋味。

下午，我们在老街闲逛，黄源抽完烟，将指尖的烟头随手扔在地上。我停下来，转身回去，捡起烟头扔进垃圾桶，黄源面色有点儿尴尬。远远地，站着一个穿黄色制服的环卫大爷，打趣儿似的笑起来。我俩倒是不好意思了，迅速转身走了。

第一次见面，他对我的评价也中规中矩："个子不高，长得算不得漂亮但看着舒服，年龄不大但思想成熟有素质。"像读书时，同学在品行栏平淡而敷衍的评价，看不出是什么态度。

我和黄源继续在QQ或电话上有一搭没一搭地聊着。8月，听闻我周末从单位宿舍搬到租住的房子，黄源从县城坐车来帮我。黄源跑前跑后一下午，日头毒辣，我注意到他被汗水浸湿的后背。房子收拾停当后，天色也晚了，我送他去公交站，他得赶车回单位。

返家没一会儿，传来敲门声，黄源回来了，手上还提着个粉色的暖水壶："看你房间没有热水，有个水壶方便些。用水壶时别烫着啊。"我有些意外，一时愣在原地，来不及反应，他再次匆匆跑下楼。

起初，黄源曾直截了当地告诉我，他想结婚了，而当时的我想的只是和一个喜欢的人恋爱而已。认识半年，黄源向我表白过，我没同意，但也没和他失联。我觉得自己挺坏的。我告诉自己，这个黄源并不是我想要爱的那个人，我只是在寻求安全感，想有人在身边。

我们联系的频率多了些，每两三天通一次电话。但有一天，我一整天没有接到黄源的电话、短信、QQ信息。

第二天一早，黄源打来电话，喘着粗气对我说，他在山上。他是跑到一个山头找了好久信号才给我拨通了电话。原来，这几天，他回了山里老家，山里信号不好，家中又没有无线网，所以电话打不通，信息发不出去。前一天，他的老家下了一天雨，他没办法上山。

2012年春节，我们一起搭火车回他老家。那一趟行程中，火车很慢，黄源的话很长。

黄源说，小时候他们一家人借住在邻居家，有一年，正值冬天，却被邻居执意赶了出来。那时候他就下定决心要好好读书，给家里盖房子。黄源大学读的是化工，毕业后在内蒙古的一家油田找到了第一份工作——石油勘测。2011年，工作整整3年后，他将积攒的十几万元工资给家里盖了四间房子。那四间水泥墙面、外墙粉刷成淡黄色的房子，在老家林立的窑洞中很是气派。我疑惑，用十几万元在老家建房，太不值了。黄源却说，为了父母，他不后悔。我被打动了。

不久后的一个周末，我在单位加班时，平时搭档的中年男同事来到办公室和我沟通工作。他先夸我漂亮，又装作无意地用手触碰我的背部，我全身汗毛倒竖，不知所措。

他走后，慌乱的我起身跑到卫生间里大哭一场。我觉得备受羞辱，又恐惧他接下来会有别的行动，想倾诉又想求助，第一时间我想到了黄源。

黄源一直安慰我，又说这不是小事儿。第二天，他出现在我的单位，让我约男同事一起吃饭。饭桌上，黄源一直给那位中年男同事敬酒，说道："您这年纪都快能当我们的父辈了。"

同事满脸通红。临走，黄源搭着同事的肩膀算是告别，后又搭上我的肩，故意大声地说："我正在追小颖。"我松了一口气，也感激黄源替我出头。后来，那个男同事再没有对我怎么样。

没多久，我和黄源在一起了。

三

城中村里多的是我们这样的年轻情侣，将疲惫的身体和灵魂安置在 20 平方米左右的空间，为未来省吃俭用，积攒筹码。

在这里还没住半年，黄源被公司欠薪两个月，我们的唯一收入就是我那不足 4000 元的工资，有时还需要向朋友借钱。

黄源加倍对我体贴。经济困窘，逛街时也只能试穿过瘾。一次，我在店里试穿了一件粉色毛衣，我很喜欢，看到价码 400 多元，想到眼下的经济状况，我将衣服挂了回去。

失落转瞬即逝，我不以为意。回家后，黄源却哭了。他将头埋在我胸前，眼泪鼻涕全蹭到身上。他说，最怕我在商场看衣服的价钱，他觉得对不起我。等他有钱了，他要给我买很多以前买不起的东西。我摸着他的头安慰他，我心里知道，这一阵没有收入的他自卑而压抑，眼下只是爆发了。

黄源一直有买彩票的习惯，那天晚上到了开奖时间，他发现自己中奖了，奖金 1000 元。第二天，他拉着我在彩票店门口早早守着，兑完奖金，又带我直奔商场，取下前一天我试穿过的那件毛衣，让我进试衣间换上，他肩上搭着我的旧衣服小跑着直奔柜台。那个背影，我一辈子也不会忘记。

2014 年，我因病住院，需要卧床休息，四肢活动不便，黄源在医院陪床，给我做饭、梳头，还帮我洗脚。他没扎过辫子，手指温柔而笨拙地穿过我的头发，最后扎好的头发依旧凌乱不已。我心里嫌弃，又暗暗觉得好笑。

2014 年 8 月，一直努力的黄源升职了，工资也从月薪六千元涨到一万元。同居一年多，感情渐渐稳定。黄源的家里一直催婚，我们也做好了结婚的打算。只是当时，黄源的父母没什么钱支持我们办婚礼，我们手上也没多少积蓄，两人决定，婚礼一切从简。

拍完婚纱照，我们去添置婚礼用品。我在婚纱店看中一件抹胸婚纱，一问价钱，1200元，我去试衣间将婚纱脱了，拉着黄源转身就走，最后我花200元在网上租了件婚纱。黄源选好一款戒指，7000多元，我对首饰兴趣寥寥，也想给黄源省些钱，硬是买了一对80元的银制戒指作为婚戒，又在一家正在打折的鞋店里挑了一双红色高跟鞋，150元。黄源自己的西装、鞋子也挑的是最便宜的。

婚礼当天，婚车载着我们，从我家直奔黄源家。车子在小镇上停了下来，接亲的人说，婚宴就设在镇子上的饭店里。

下车后，我眯着眼睛搜寻，这时，一家砂锅店门前响起的鞭炮声让我回过神来。店面黑不溜秋，两边是灰暗的各式杂货店。我看到，公婆就站在门口招呼亲戚。原来，我们的婚宴将要在那里举办。

我愣在原地，有那么几秒，我甚至是气恼的。我家的亲戚都在，送我到婆家的家人站在店门外，舅舅和舅妈几乎是面贴面地说着悄悄话。黄源站在车的另一端，看看我，再看看砂锅店，眼睛里湿了。接着，他走过来，垂着头紧紧握着我的手。我说不出一句话，只好把所有的不悦都收了起来。

店面窄小，光是黄源的一群亲戚就坐满了。原本大堂式的小店，临时用木板做隔断分出的包间里，总共放置十几张桌子。来参加婚礼的亲戚，围在桌前你一言我一句地说着。正值冬天，砂锅店没有暖气。人多店小，只能一拨人吃完再一拨人吃。

心照不宣地吃了饭，我端着饮料，黄源举着酒杯，挨个儿给三姑六婆敬酒。宴席结束了，这场人生中唯一的婚礼，算是就此结束了。

当晚，送走亲戚朋友，我收起强颜欢笑，质问黄源，为什么要将婚宴设在一个破砂锅店。他父母还在隔壁，我尽量压抑着自己的声音。黄源说，婚宴是他爸妈一手操办的，老人家想省钱，又没经验，等他知道时已经来不及重新选择了。吵闹一番后，我哭，黄源也哭。我觉得委屈，黄源觉得愧疚。

哭完了，也累了，睡前，他抱着我说："这是自己一天里最安稳的时刻了。"我无法再生气，选择相信他，也暗暗告诉自己：好日子在后头，我们有的是时间。

四

婚后不久，我们搬离了城中村，在一个环境不错的小区新租了一个单元房。房子是十几年的老房子，墙皮剥落，还有不少污渍。黄源买回涂料和梯子，我们重新将房子粉刷了一遍。他刷墙，我在下面给他递涂料、送刷子。我们还新买了电视和沙发，在阳台添置了一套一千多元的双人小餐桌。虽说是租来的，但总算有了家的模样。

我瞒着黄源，在卧室墙面布置了 80 多张照片组成的照片墙。照片是我们这些年的合影，有些是在家的自拍，有些是外出游玩时的留念。黄源第一次看到时，差一点就流出眼泪。他拍了照，很少发朋友圈的他，头一次在微信朋友圈里秀了回恩爱。

婚后，想尽早拥有自己的一套房子，我和黄源都更拼命地工作。他有时需要常住在公司，有一回半个多月没回过家，我去他公司宿舍等他。晚上 11 点，还没等到他下班，我给他打电话，他说厂里出了状况，他们在紧急处理。凌晨两点，他回到单位宿舍。一进门，我看到他脸上被黑煤熏得看不清眉目，衣服上也都是煤灰，几乎是"哇"的一声哭出来。

我跑到跟前要擦他的脸，他一把推开我："我身上脏。"我哭得更凶，不顾他的阻碍，就想用力地抱着他。

2017 年年底，我们买下了人生中的第一辆车。不久后，我们用所有积蓄付下市区一处房子的首付，虽然地段不是最好，但终究是有了自己的房子。

2018 年，我发现自己怀孕了。那天黄源在公司加班，我跟他视频通话，告诉他这个好消息，我眼泪珠子一直掉，他也红了眼眶。视频挂断后，他发微信说：别上班了，好好养胎，我养你们。

怀孕后，我在家待了很长时间。快下班时，我会给他发微信：老公，想吃什么饭？他最常回复的是：面条。

毫无意外的答案。我将土豆、胡萝卜、香菇切丁，将鱼丸切成小圆圈，和肉丁一起炒制，做成臊子，连面一起下了锅，这是烂熟于心的程序。外面正下着雨，水开了，面的香味在屋子里浮泛起来，我等的人也快回来了吧。

文／邢颖

第三章　父母这个难题

被穷养大的女儿

缺爱的孩子害怕独处、寂寞，缺钱的孩子容易自卑软弱，原生家庭对子女的影响伴随终生。父母在教育方式上难免有差错，但不可否认，他们最终的目的都是为你好。

一

就像一个班级里老师只会关注拔尖的学生和最落后的学生，一个社会往往也只会关注那顶尖的 10% 和底层的 10%。从小到大，我在班里就备受关注，不仅因为我的成绩是那顶尖的 10%，还因为我属于班里那最穷的 10%。

在 5 岁前，我一直穿的是哥哥的旧衣服。上小学之后，我开始穿堂姐们的旧衣服。每到换季的时候，妈妈就会带我到堂姐家里，从堂姐不要的衣服里挑能穿的回来，如果偏大也挑回来放着来年穿，所以我的衣橱里总有满满的旧衣服。

后来我才知道，其实那些年爸爸在房管所工作，虽然是进城务工，但是凭借良好的技术被聘为合同工，福利优厚，发米面粮油和电影票。但爸爸的工资要拿来买摩托、买家具，不是拿来买新衣服的。我快要上小学的时候，爸爸还用借的钱凑了6万元，买了一套三室一厅70平方米的房子。

小小的我对搬进了更大的房子完全无感，只是感叹没有新衣服穿。终于在一次妈妈教训我的时候，我当作回击的理由说了出来，妈妈一脸惊讶，大概没想到我会这么介意，就带我出门去买了一条新裙子。之后，又是几年没有新衣服，因为买房借的钱要慢慢还。

直到堂姐开始发胖，身高不再增高，我的旧衣服才断了货。

这期间爸爸下岗了。在我上小学二年级的时候，他开始当包工头，在小城里承包工程。爸爸拉来家乡的好兄弟们，准备带着他们大赚一笔。结果，没想到无数无良的开发商在等着他们入坑。爸爸有一个发黄的账本，上面记的是十多年了还没有结清的账。

有好几次都是工程做完了，开发商却开始玩躲猫猫。

拿不到工程款就没办法给兄弟们发工资，爸爸就把家里的积蓄垫出去，先发一些工资让兄弟们回家。他们可以回家了，我和哥哥却饿起了肚子。有一段时间，每天妈妈都会跟我和哥哥说家里还剩多少钱，从99元，到最后剩下十几枚硬币。妈妈每天去郊区挖野菜，然后用从老家背来的面粉混着做成蒸菜。在我们不知道吃了多少天蒸菜之后，爸爸终于拿钱回家了，我们终于有肉吃了。

就这样，在我以为旧衣服终于断货的时候，却饿起了肚子，更别说买衣服了。还好小学、初中大部分时间是穿校服，而且北方衣服干得快，有学校定制的两套校服完全可以度过一周七天。

对小学时代的我来说，不仅新衣服不存在，零用钱也是不存在的。我可是95后啊，在那个独生子女组成的王国里，没有零用钱的孩子几乎是不存在的，我就是濒危物种中的那一个。有一次因为嘴馋，我跟一个同学说："你把你的零食给我吃，吃一口我给你一块钱。"现在回想当时的自己真是傻到爆，如果有了一块钱，自己可以买十个那样的零食，何必拿来买他那一口？看来自己从小就对金钱没有概念，毕竟真的很少摸到钱，连帮妈妈买馒头、打香油都不得贪污一角钱。后来同学追债追到家里，还是借住在家里的姥爷拿5角钱帮我解了围。

二

我上小学四年级了，干工程失败的老爸选择回归田园，做起承包土地的营生。他说："老天不会骗人，只要肯付出汗水，一定会有好的收成。"于是，又用家里所有的积蓄承包了一个200亩的山楂园。我永远都记得我妈带着我和哥哥去银行，拿存折取了6万元现金，装在包里往家里走，让我和哥哥站在她左右当保镖。妈妈说："这些钱交给别人之后，存折里只剩几千块钱，是我们接下来半年的伙食费，不能随便乱买东西，否则要饿肚子的。"她的意思我很明白，是警告我们要听话，不能因为想要的东西买不到而哭闹。

因为是全部的积蓄投入，爸爸不敢掉以轻心，每日精心打理果园，只要树上还有绿叶，爸爸就住在果园的小木屋里，直到冬天树干秃了才回家。付出终有回报，种山楂的第一年勉强回本，第二年初见成效，第三年大赚了一笔，大概有10万元之多。10万元，足以让我这个没见过世面又饿肚子饿怕了的人惊喜万分。万万没想到，我爸去买了一辆车，全部算下来差不多8万元，还剩2万元。妈妈说下一年买农药、肥料还要用，不可以乱动。她只是带我去买了几件地摊货，象征性地安慰了一下我幼小的心灵。

第四年，又赚了一笔，大概也是10万元。这时，爸爸在他房管所老同事的鼓动下，坐着看房团的大巴去济南投了一个房地产，在一个尚未建成只有图纸的大市场买了一个小商铺。爸爸拿了一个购房合同美滋滋地回了家等着办房产证，结果，这都六七年过去了，爸爸的房产证还是没有影儿。那个老同事也是受害者之一，他的年纪比我爸大得多，听说是拿养老钱买的。我爸说他都不急我们急什么。好的，爸，我们不急，我就是想买两件衣服。

第五年，山楂的收成有些下降，但是爸爸凭借自己的诚信开始做买卖山楂的中介，也赚了一些钱。这时，一个远房亲戚想在小城安家，就请老爸做参谋一起看房，老爸正得农闲，便欣然前往，看到一套南北通透带大飘窗的130平方米好房大呼不错。亲戚觉得买不起，便没要。老爸的心却开始痒痒，他把家里所有的积蓄加上老房子抵押的贷款一起付了首付。新房房贷加上老房的抵押款，一个月大概要还3500元，要知道我们那个小城，普通市民月工资也就这么高。

一年果树只结一次果，所以我们家收成也是一次性的，并不像上班族月月拿工资。所以爸爸每次把所有的收入做大笔投资，对接下来一年的家庭生活都是灾难性的。后来爸爸说，当时真是太心急了，步子迈大了。我的老爸啊，你不是这一年步子迈得大，你这么多年都迈得很大好吗？

三

自从爸爸开始承包果园，我们全家便开始了定期到乡村的"度假之旅"。妈妈是VIP客户，每个月基本要过去半个月，农忙的时候更是整月整月不回家。每当这时，我和哥哥就成了"变形记之城市留守儿童"，要自己做饭、自己收拾，还要定好闹钟，以免迟到。

父母一个星期会回家一个晚上，给我们留下钱，问一句我们的学习情况，就疲惫地睡去。他们总是前一天晚上10点到家，第二天清早又要走，连给我们做一顿饭的时间都没有。刚开始，我会在天黑之后感到害怕，会抱着录有妈妈声音的手机默默哭泣。后来，我们一回到家里就把电视打开，因为只有两个小孩子在家太寂静了。再后来，我和哥哥把电视开到越来越晚，甚至到了夜里12点都不睡。

终于因为睡眠不足成绩下降，父母发现了我们的异常。但是，他们的处理方式并不是留下来陪我们，而是带走了连接电视与信号器之间的那段电线。当然，这难不倒爱发明的哥哥，他不知道从家里的哪个角落翻出了一段裸露的铜丝，鼓捣了一番之后，我们又可以开启放学之后的欢乐时光，只是画质变差了，而且信号不太稳定。重要的是还要记得在父母回家那一天提前把铜线收好，保证电视的"屁股"温度降到室温。晚上早早上床睡觉，假装我们过着他们期望中的生活。

在我和哥哥要上初中的时候，爸妈买了一台电脑放在家里备用。从此父母不在家的日子，哥哥开始转战装机游戏，电视就完全属于了我。就在我准备还像上小学一样开启混乱的夜生活时，爸妈派了姥姥和奶奶轮流照顾我和哥哥，每人一个月。这样，父母只需要一个月回来一次就好。这两个老太太的轮流造访让我和哥哥的生活开始变得不太安宁。

姥姥是个尽心尽力，管理我和哥哥非常彻底的老太太。她严格履行父母给的职责，不能看电视、玩电脑，每天按时作息，除了吃饭睡觉就要看书学习。不懂事的哥哥和我免不了要和姥姥对着干。每次都是姥姥受不了我们俩，跟我妈说："你这俩孩子还是你自己管吧，我管不了。"

而我的奶奶与姥姥恰恰相反，她奉行放羊式管理。每天保证我们吃饱穿暖不生病外，其他的一概不管，想写作业就写作业，想看电视就看电视。奶奶最喜欢的就是在一旁看着我们干这干那，还喜欢靠在沙发上打盹儿。我们长大后，奶奶说当时觉得我们两个小孩自己在家，没有父母陪在身边怪可怜的。我瞬间眼眶湿了。

四

有姥姥和奶奶照顾的好日子只持续了一年而已。上了初二，大概父母觉得我们足够成熟了，就不再让两位老人奔波。因为老师经常让我们上网查资料，所以家里电脑已经联上了网，从此，我和哥哥的初中生活开始往深渊滑落，当时风靡的电脑游戏哥哥都玩，我则被各大卫视的热播偶像剧迷得神魂颠倒。

初一我因为底子好加上各科知识不是很难，所以成绩还过得去。初二月考成绩的起伏则能够很好地反映我的父母是否在家。农闲的月份考得很好，农忙的月份就考得比较差。到了初三上学期，我的请假记录越来越多，我当然没生那么多病，只是妈妈的手机在我手上，我可以随意发短信给老师。

不过，谎言多了总会有破绽。终于有一天，老师开完家长会叫住我妈说："孩子最近身体不太好啊，请了这么多病假，家长要好好照顾一下孩子的身体啊。"我妈蒙了，第二天我就结结实实地被爸爸打了一顿。肿着眼睛去上学的时候，我的想法只有一个：我再也不想上学了！当然，这只是一个幻想，我不但开始老老实实地上学，还多上了一年——我复读了一年才考上高中。出来混，总是要还的。

除了上学时留守以外，每逢暑假便是农忙，我和哥哥还要下乡"支边"两个月，开学的时候再晒得黑乎乎、累得瘦不啦唧地回学校。果园里没有电视，方圆上千亩都是各个老板承包的土地，所以远离村落，没有同龄人可以玩耍，甚至去小卖部都要走上几个小时，连买零食的念头都可以取消了。这个被老爸称为"天然氧吧"的地方，对我来说简直是噩梦。

每年刚放暑假的时候，我会退化到一个铲子都拿不动的状态，经过两个月的锻炼之后，我可以挥铲长驱直入 800 米，而且还能开拖拉机协助打药，全程参与各种农活，认识了很多昆虫和其他小动物。但除了小小的乐趣，我感受到最多的还是疲惫。干农活每天都要赶进度，毕竟果园那么大，活儿那么多，爸爸还不肯出钱雇工。所以在初中的某一年夏天，我叛逆地离家出走，一路走了二三十公里，快要走到城市里的家的时候，被父母骑着摩托车追上来。他们对我的执着哭笑不得，给我买了一根棒冰之后，问我是要回家还是回果园。我脑子大概是走傻了，又被他们骗回了果园。

五

每个暑假如此，初中升高中的那个暑假也不例外。升上高中，由于爸爸投资失误导致家境贫困，他便托人开了贫困证明，把我安排进了下岗职工子女组成的阳光班。这个班与重点班是同一批老师，阳光班里有一半都不是很阳光，是因为没考上重点班而找关系进来的。除了老师好之外，这个班还有一项倾斜就是助学金比例比较高。当时正在为钱发愁的爸爸立马拍板，从此我就成了领助学金的学生，一直领了高中三年。

一开始我真的觉得自己需要助学，毕竟家里是真的没有现金。当晒了一个暑假，又黑又瘦的我入学报到的时候，老师一点儿也没有怀疑我这个助学生的身份，反而对我关注有加。但是等到高二，爸爸带我们搬到装修一新的房子居住时，我突然感到心虚，觉得自己住在这么好的房子里不能再领助学金了，应该把它给更需要的人。但是，一方面家里确实没有现金，为了还贷款，爸爸经常愁得睡不着觉；另一方面我也享受那种被老师关注的感觉，而且有一种莫名的安全感：成绩上升了，老师说你励志；成绩下降了，老师表示理解，毕竟家境不好。甚至每当我状态不好的时候，班主任都会关切地问我，家里是不是出了什么事情。

所以高中毕业前，我从来不带同学去家里玩，不敢买太好的鞋或者衣服，不和同学去吃饭唱K，原因只有一个，我觉得助学生不应该住这么好的房子，不该买好的衣服，不该乱花钱。助学生就应该好好学习，改变家庭困境。

我逐渐变得孤僻，除了讨论问题，私下里很少与同学来往。我尽可能地把时间都花在读书上，来缓解自己在金钱上的压力。我想着考上大学就可以离开这个环境了。

还好，虽然因为压力太大高考时发烧拉肚子，但我还是考了一个不错的成绩，可以上一个不高不低的本科院校。

六

我选择读医，因为这可能是普通人上升的一条捷径。学校在广州，广东的学生比较多，大家都比较有钱，而爸爸尚未从"步子迈得太大"的创伤中恢复，于是我又理所应当地申请了助学金。在我刚上大学那一年，有一篇文章很火，大意是一个领助学金的人穿了耐克鞋被人诟病。这一锤又给我敲了警钟，千万别暴露自己的家，家里有两套房，还有小汽车，更为重要的是千万别买名牌鞋。

于是我又开始了苦行僧般的生活，吃食堂的饭菜，买最便宜的衣服和鞋子，大部分时间都去图书馆。父母怕我们饿肚子，便把一个学期4000元的生活费在开学时打到我们卡里，这样即便他们后续没钱，也不至于让我们断粮。那时信息滞后，但我还是知道了父母又一次投资失败的消息。

直到大三那年，在我和哥哥的劝说下，父母终于选择放手那一套老房子，卖掉来还债，父母的腰包才有所起色。我便迫不及待地告诉班委我不用再申请助学金了。心理上一下子仿佛有一个重担卸下。6年了，我终于可以过自己想过的生活了，我可以买一双名牌鞋，我可以来一场小旅行，可以偶尔去吃大餐。

都可以了，但事实上，我并没有这么做。因为这么多年的经历，让我逐渐变得对金钱缺乏安全感，今年有钱了，明年万一饿肚子呢？我不会理财，我不知道如何打扮自己，有时候我会报复性地乱花钱；我不太擅长交朋友，因为我总是不够坦诚；我会通过暴食来填补自己内心的空虚；我做事总是瞻前顾后、缩手缩脚，因为内心缺乏底气。

父母有意无意对我和哥哥的穷养确实锻炼了我们坚毅

的品格和遇事沉稳的优点，但是也给我们带来了无尽的压力和自卑。在上大学之前，我一直以为自己就属于底层的10%，直到上了大学几年之后，我才意识到，其实我的家庭从来都不属于那底层的10%，而是那中间的80%。父母奉行"困境出人才"的观念，但贫穷带给我的阴影与自卑，是伴随我很多年都无法消散的。

现在的我在慢慢愈合，在慢慢地学会去自爱和自尊。其实我从来不怪父母，他们从来没有乱花钱，没有人吃喝嫖赌。我们没有新衣服穿的时候，父母更是把一套衣服穿了十几年。就像妈妈说的，祖上留下来的家底太薄，全靠自己打拼，免不了有一些沉浮。也没有人教过他们如何理财，等我知道了鸡蛋不能放在一个篮子里再告诉父母时，他们已经没有鸡蛋可以分配了。而且我的父母从来没有放弃过陪伴我们，尽量带着我们经历这个家庭经历的一切。

有人说受原生家庭影响越大的人，成功的概率越小。但我这辈子恐怕都不会完全脱离我的原生家庭了，因为我是与它一起成长的。就像高二班主任对我说的："我觉得你这个家庭是一个非常上进的家庭。"

嗯，我也这么觉得。

文 / 怡静

我与父亲的十年战争

很多时候，你以为是关乎自己一生的大事，到最后却变得无关紧要，而因冷战造成的心理隔阂，却成了永远无法弥补的遗憾。

一

王远是我身边唯一被鞭子抽着跑完前半生的人。

他就像一头被放到赛马场上的家猪。"家猪"很无辜，他不想跑，只是迫于身后的鞭子，只能嚎叫着，一把鼻涕一把泪地往前冲。

问题是，他还不能回过头去拱那个手拿鞭子的人，因为那人是他爸。

王远他爸是武汉某大学的教授，教工程造价。在学习方面，他对王远要求十分严苛，对待儿子的错误也绝不姑息，坚决贯彻"棍棒之下出孝子"的教育理念。老王很成功，王远一直都是每个家长口中的"别人家的孩子"。

王远觉得很痛苦，他只想长大以后当一个爱弹吉他的农民。他长相普通，身高普通，就连人生理想也普普通通。

同学们都很费解，因为那时大家都立志要当科学家、大发明家。

我曾经问过王远为什么想当农民。他给我听了一首歌，周杰伦的《稻香》。

"所谓的那快乐，赤脚在田里追蜻蜓追到累了，偷摘水果被蜜蜂给叮到怕了。……我靠着稻草人，吹着风唱着歌睡着了……"

王远得意地说："怎么样？是不是很有意境？夏日午后，轻柔的风从金黄稻田上拂过，你抱着吉他，靠着稻草人，唱着心爱的歌。想一想，整个人都满足了。"

可是，吉他并没有给他带来过好运。"我小时候抓周，硬是从一堆积木和工程图纸中选择了吉他，被我爸一顿暴打。"

第一次见识到老王恐怖的一面，是在王远家吃饭。当时他临近高考，老王每顿饭都给他做一桌大鱼大肉，所以我经常去他家蹭饭。

这天饭吃到一半，老王放下筷子，一本正经地对王远说："再努力一把，高考好好发挥，一定要考上武汉大学。"

"我要是考不上呢？"王远问。

"考不上就复读。不知道你从哪里听了些歪门邪道，竟然说以后要去当农民，我明确告诉你，不可能！"老王语气严厉起来。

王远瞪着他，说："这是我的理想。我看啊，只要你不赞同的，全是歪门邪道！"

"啪"的一声，王远的左脸红了。

"我有自己的想法，凭什么一定要走你规定好的路？"王远吼出这句话后，把自己反锁在房间里。

"你自己想，以后谁会看得起一个农民？"老王对着反锁的门喊，"我不是在和你商量，只是在通知你。"

当时我才高一，高考还离我比较遥远。后来我才发现，武汉大学是普通人能考得上的吗？

王远不是普通人，还真考上了。

二

王远很小的时候，他母亲就病逝了。老王留在重庆，怕睹物思人、徒增伤感，带着王远搬到武汉。

妻子去世后，老王把所有心血倾注在儿子身上，再加上自己是个大学教授，望子成龙的心绪也比一般家长强烈。

经过那一次争执，我以为王远会一气之下离家出走，逃到某个偏远的小山村去种田。

没想到，王远复习反倒更认真了。他英语最差，每天早上 5 点，准时起床背单词。中午午休的时候，也听着英语听力入睡。

得知王远那么努力，我见他就开玩笑："你不当农民啦？"

"怎么可能？我突然想通了，谁说上武汉大学就不能当农民？我去学个农业工程专业，以后就是有技术的上等农民。"王远一脸得意，嘴角翘得老高。

王远考上了武汉大学，读的还真是农学类专业。

挨过高三一年的压抑，王远解放了。

他每天上课，去实验室做实验。空闲之余和室友打打游戏，天气好的话，背着把吉他去操场唱唱歌，日子过得潇洒自在。

大二快结束时，他自由自在的日子戛然而止。老王打电话告诉他，他托武汉大学的朋友，给他办转专业手续，让他攻读工程造价，将来进国企单位也容易一些。

"就等着你签字了。"老王说完，挂了电话。王远满脑子反驳的话一句未能说出口，一腔热血消逝在"嘟嘟嘟"的忙音里。

王远决定进行无声的抗议，躺在床上绝食，整日盯着天花板看。室友们以为他疯了。绝食的第二天晚上，他猛地从床上坐起来，给自己一巴掌："我真蠢，在这儿绝食他又看不见，抗议个屁啊。老子快饿死了，老子要吃肉。"

绝食计划失败，王远决定和老王谈一谈。

第二天看到王远哭丧着脸，我知道他谈判失败了。"上个月，老王被检查出心梗。医生嘱咐，这种病不能太生气。"

王远认命了。他又回到高三的状态，夜以继日地待在图书馆，疯狂补习工程造价大学一年级的内容。

快赶上学习进度时，老王又打来电话。我正和王远吃饭，只见他挂掉电话，面色凝重。

我战战兢兢地问他："你爸又下什么死命令了？"

"他让我好好准备英语，去美国读研究生。"

"保重！"

"可我只想当个农民，不想当工程师，也不想给自己那么大压力。"

"所以呢？"

"所以我拒绝了。"

那晚，我和王远从8点喝酒到11点。其间，手机上有20多个未接来电。他自始至终没看手机一眼。手机不停的振动声很刺耳，最后，王远拿起手机，扔进装满啤酒的玻璃杯中，溅起一片酒花。

手机像是喝醉了昏死过去，屏幕再也没有亮起。

"哇哦！"王远大声喝彩，指着玻璃杯里的手机说，"去他的出国，去他的工程造价，老子要种田，老子要弹吉他。谁也别想推着我走过这一生。"他神情无助。

这是大学时期，我和王远最后一次见面。后来，他发给我一张国外大学的录取通知书的图片。我想，他只能去国外当农民了。

王远在美国一待就是两年，期间没回来过。我发微信给他，只能得到一些简单回复。他朋友圈都是关于工程造价的论文，或者对工程技术的看法，看样子他已经进入了新角色。

两年间，我偶尔会去看看老王，免得他寂寞。每次问起王远在美国生活得如何，老王都摇摇头："他没和我联系过。"

我没接话，老王又补上一句："他过得好就行。"

三

我再一次见到王远，是两年后的事。他从美国回来后，在一家外企当项目经理。

王远没当上农民，也没当上工程师。可能这就是生活，计划永远赶不上变化。他成为项目经理，出乎老王的意料；但他能挣很多钱，却在老王预料之中。

那天晚上大半夜，我已经睡下，突然传来一阵急促的敲门声，我穿着裤衩去开门，看见王远。我准备拥抱他，转而一想，赤裸着身子拥抱有点不好，于是踹他一脚，说："还以为你把我忘了呢！"

王远朝门外一指，说："走，撸串去。"

我趿着拖鞋，跟随西装革履的王远出门，走到一家烧烤摊。

"还以为你会约我到一个高端大气的酒店呢。"我假装失望。

"我还是觉得撸串最有意思。"

菜品和酒水上桌，王远对我说："我感觉自己已经被同化了。"

"你的意思是，你的理想变了？"我问。

他灌下一瓶啤酒，说："我当初怎么会想当农民呢？当农民能喝上这么好的啤酒？两年前，我就打消了当农民的念头。

"他让我去美国时，我跑去一个农村同学家住过一段时间，没有网络、电视、热水，半个月不到，我就受不了了。真正的农民并不是我小时候想的那样。"

我没搭话，只是看着他。他衬衫很紧，皮带紧紧勒着啤酒肚，每坨赘肉上似乎都写着"精英"二字。

他举起杯子，笑着说："我有自己的赛道，不过现在好像跑歪了。"我没有和他碰杯，想顺着他的话抒情，但想想自己的生活乱七八糟，还是算了。

"我两年没有回过家了！"他一口气干掉杯中的啤酒，猛地站起来，站到凳子上，"就是让他知道，因为没有按照他的规划走，所以我过得很好，很成功。"

"我没有接过他的电话，我年薪上百万，不需要按照他期望的方向走。我赢了，对吗？"王远凝视着我，向我寻求答案。

"你开心就好。"我苦笑着说。

王远沉默一会儿，咆哮起来："我不开心！"他一点也不开心，每天有写不完的计划书、喝不完的应酬酒，还要受尽一个人的孤独。

我想到老王在家时的样子，他不也很孤独吗？

"我好想他啊。"王远哭了，鼻涕眼泪蹭在自己昂贵的衬衫上。

四

为缓和王家父子俩的关系，一有时间，我就拉着王远往老王家跑。老王挺喜欢我去串门。他年近60，没什么爱好，平常独自待在家，哪儿也不去。

妻子去世得早，为照顾好王远，老王练就一手好厨艺。他做的腊排骨那是一绝。我每次去重庆餐馆吃饭，发现菜品味道和老王做的不一样，就觉得那不是正宗重庆菜。

有一次，老王做了腊排骨，叫我去吃。我懂他的意思，拉上王远去蹭饭。

吃到一半，老王突然正色说："你们告诉我，什么是自由？"

我和王远一愣，面面相觑，认为这是陷阱。

"小胡，你先说。"

我赶紧清清嗓子，结果什么也说不出来。

老王转头问王远："你呢？"他若无其事地夹起一块排骨，往王远碗里放。

"我选择自己要做的事，你干什么事情和我商量一下，这就是自由。"王远回答。

老王的脸阴沉下来，说："那你这两年，自由得还不够吗？"

"如果我有自由，现在怎么可能和你在这儿讨论什么是自由？"

老王一耳光打在王远脸上："那你现在滚去种田，去啊！我绝不拦你。"

王远把筷子一扔，说："独裁，迂腐，不可理喻。"说完，他摔门走了。

"出去看看他。"老王打掉我的筷子。

我跟出去，看见王远坐在院子的花坛边吸烟。

"别生气，父子俩，关系何必闹得那么僵呢？再说老王做饭那么好吃，亏了什么也不能亏了这张嘴啊。"我安慰王远。

"你眼里除了吃，还能有点别的吗？"王远白我一眼，"他所有决定都是想让我过得舒适安稳一点，但我就是忍不了他的做法。哪怕他能有一丁点和我商量的想法，我也能开心一点。"

"你既然明白，就没什么问题嘛，回去吧。"

"不了！"王远转身离开。

五

王家父子的冷战，持续了一年。

这场冷战，在 2017 年 9 月 28 日结束，因为老王去世了。他坐在沙发上，突发心梗。

那晚，王远回去拿文件，发现老王已经去世几个小时。

第二天，在殡仪馆，朋友们都来了。平日里我们穿得花里胡哨，那天清一色的一身黑，这可能是我们给老王最后的默契。他把王远逼得那么优秀，给我们造成的困扰，我们不再计较了。

老王平静地躺在防腐柜里，而照片上的他微笑着。照片前供着几根香。王远跪在火炉前，目光呆滞，机械地往火炉里丢纸钱。

我们陪王远守灵三天。老王火化前，王远对着防腐柜说："别睡了，该起床了！"他哭了，眼泪砸落在地上。

老王下葬后，王远办了一场感谢宴，感谢所有前来悼念的亲朋好友。

他面对一大桌菜，挤不出一丝笑容。可能即使摆在他面前的是满汉全席，也敌不过老王做的一碗腊排骨。

感谢宴晚上 10 点才结束，客人渐渐离去。王远抱着垃圾桶猛吐，还一个劲嘀咕着："他答应我，说国庆一放假就去医院复查。可为什么说走就走了呢？他提出的要求，我都完成了，他自己怎么就食言了呢？"

我们想扶他，听到这些话，又都止住动作。大家都哭了。

"我从没想过你会死。生活真残忍，过着过着，我就没有你了。"

六

终于，王远哭累了，醉倒了。我们费了很大劲，才把他抬到附近的酒店。

我担心王远出意外，留下来陪着。我半夜起来找水喝，看见他拿着瓶啤酒站在阳台上。

我很诧异，该不会要跳楼吧。我走到他旁边，说："你跳楼之前，能不能把啤酒留给我？"

王远没有回话，沉默片刻，突然说："听说人死以后，会变成天上的星星。可天上这么多星，爸，你到底是哪一颗啊？"

我感觉心脏被一只无形的手揪住，眼泪像被摇过的汽水，不停地往外冒。

"保重！"他对夜空说，声音很小，消逝在风中。

那晚以后，王远又消失了。

后来，王远给我发来一张照片，是在日喀则拍的。照片里，他穿着黑色冲锋衣，脖子上围着一条白色哈达，左手放在心脏位置，抬头望着满天繁星。

"怎么？不当农民，改信佛了？"我调侃他。

许久之后，他才回我：

"我很想他！这里是中国海拔最高的城市。在这里，每天晚上，我都感觉到，我离他很近。"

文／胡塞北

棍棒之下

和父母的和解，是每个年轻人都需要迈过的成长之门。
真正明白和解的意义，是人生真正的开始。

一

父亲光脚悄悄摸到书房外窥视，发现我看书时挠痒痒或四处张望，便一瘸一拐冲进来，用还健康的左手抡起拖鞋向我扇来。胳膊上一条条红肿的血印子无处可遮，夏季时，我只好不出教室活动，被同学问起也含糊其词。

初三，我已经是大男孩了，内心十分敏感。我常常想，同学们会如何看我？我衣服土气，剃着光头，成绩差劲，整个人沉闷阴郁，他们会不会把我当成怪胎？一天午睡，班级里鼾声四起，我胡思乱想着，忽然觉得人生没有任何意义，冒出了结自己的念头。

那天晚上，我等父母都睡熟了，悄悄溜进厕所准备割腕。窗外黑得一片模糊，空气中有股潮湿的味道，让人喉头清爽。我心脏猛跳，放好脸盆，拧开水龙头。

不料门外传来父亲的喊声："黄科，你还没睡？"我一下子不知该如何是好，沉默了一会儿后说："上个厕所就睡。"我终究还是没有自杀的勇气。

和父亲的矛盾彻底激化，是在一天清晨。当时，父亲很重视我的营养，要求早餐必须吃好。但那天早上，匆忙上班的母亲忘了煮鸡蛋，这让父亲十分恼怒。他一拳打在母亲脸上，打出了鲜血。我再也抑制不住情绪，发狂一样抡起木凳往父亲身上砸，看父亲躲开，我又猛踹他一脚。

母亲的嘴角被打得裂开了，留下一个难看的疤。讽刺的是，对自身缺陷十分在意的父亲，在我的心里和母亲身上都留下了"疤痕"。

二

父亲出生在重庆的一座小山村。幼年时他患上小儿麻痹症，因此右手萎缩，跛了一条腿，人生就此改变。父亲每次出门都刻意将双手背在身后，用左手盖住异样的右手。

父亲因为残疾不能干活，引起了兄弟的仇视和欺负。多年后，父亲还常将兄弟自私冷漠的细节挂在嘴边。成年后，父亲从爷爷那里分得一间兄弟挑剩下的小房间，父亲不同意，被小几岁的弟弟拿着扁担撵出家门。

为了改变命运，父亲发愤读书。他对自己的书法要求高，拼命用左手练习写字，曾因为对自己写的字不满意，一连撕掉十几张稿纸。终于，勤奋的父亲考上了县城高中，毕业后进了一家报社，还遇到了欣赏他的母亲。母亲不顾家人的反对，决定嫁给父亲。父亲上门提亲时，外公黑着脸，一句话也不说。

1993 年，母亲怀上了我。我是二胎，父亲为了抱儿子，又担心因违反计划生育政策影响单位领导的仕途，最终，他下决心递上一纸辞呈，生下了我。

我没有辜负父亲的期待。我从小就是个"神童"，3 岁时，听母亲念过一遍唐诗，我就能背诵下来。父亲很自豪，常拉着我在邻居面前表演这项"技能"。

4 岁半那年夏天的一个傍晚，母亲和邻居们坐在院子里纳凉。父亲搬出饭桌，端上一锅粥后，转身又钻进厨房。听到院子里传来撕心裂肺的哭声，父亲冲到院子，看到铁锅被打翻在地，正"刺刺"冒着热气，滚烫的稀饭溅得我浑身都是，他扯开我的衣服，看见通红的皮肤上已经肿起大片水疱。

父亲抱着我急匆匆进了急诊室。我先是做了植皮手术，又输了血。之后手掌下便垫起一个纸盒，没完没了地输液。

住院那段时间，父亲望着成堆的药丸，整日不说话。母亲劝他，他就叹气："这药再这么吃下去，娃儿都吃傻了。"

我的胸口、大腿和膝关节内侧留下一块块暗红色的烫伤疤痕。虽然套上衣服和常人无异，但父亲仍忧心忡忡。他担心腿上的伤疤会让我的皮肉粘连，导致我长大后无法站直了走路。出院后，父亲像个舞蹈教师一样每天督促我压腿，任我痛得大喊大叫也不停下。

父亲常苦笑命运捉弄。和他一样，我也有了不得不遮掩的"缺陷"。

三

父亲从报社辞职后，到广东做起了服装加工生意。

1994年前后，父亲的生意逐渐有了起色。可他在生意场没有归属感，骨子里仍带有几分书卷气。父亲不热衷交际，闲时会翻翻书写写字，在我很小时就教导我："万般皆下品，唯有读书高。"

我的烫伤恢复后，父亲准备起程返回广东，出发前一晚，卧室里电扇"吱呀、吱呀"地乱响，他光着膀子整理行李，忽然对我说："过来，给你个好玩的。"

他递给我一顶小博士帽。帽子上的流苏像古时皇帝的珠帘，年幼的我觉得新奇，咯咯地笑。

父亲一边用那只萎缩的右手吃力地帮我把帽子系稳，一边说，博士就是读书人里面最厉害的，长大后想不想读博士？

我问，有没有比博士更厉害的？

"比博士更厉害的？有，那就是博士后。"

"那我要读博士后！"我说道，引得父母一阵哄笑。

"你别说，娃儿还只能走读书这条路。"父亲转而对母亲说，"他身上带这么多疤，考警察肯定不行，走体育这条道也没这个天赋，以后就得从文。我们家要是真读出个博士，就光宗耀祖了。"

那晚，父亲的话一直在我脑海里回响。在此之前，我不认为这几块伤疤对我能有多大影响，但父亲让我渐渐对它们有了些介意。多年以后，我发现发愤读书其实是父亲的生存之道，从我有了"缺陷"开始，他认为这也应该成为我的生存之道。

6岁时，父亲就带着我提前登记入学。可让父亲失望的是，我成绩十分普通。父亲每次从广东回来与我短暂见面，谈话内容几乎都是盘问我的学习。

四年级那年夏天，有一次母亲在小卖部给我买了玩具。放学后，我打开门，客厅还没开灯，光线昏暗，父亲端坐在沙发上，脸色阴沉，一把夺去我手上的玩具。

原来，父亲那天回乡后，专程去学校了解我的成绩，在他看来很不乐观。父亲将我的平庸归罪于母亲教导无方，那晚，他和母亲大吵一架。第二天，父亲决定：小学毕业后，我们要举家搬到广东，我要待在他身边，由他教育。

2006年夏天，我告别了熟悉的故乡，来到广东。

父亲先是送我上了学费高昂的私立学校，我成绩仍不理想，父亲开始坚信，想提升我的成绩，只能由他亲自上阵。他让我从民办中学退学，转到一所离家近的公办学校。他开始严厉地督促我学习，课外习题、教辅材料一摞摞地往家里买。书店有一次上架一批号称"北大名师"的讲课光盘，售价昂贵，生性节俭的父亲一口气买下所有科目的全套光盘。

他参照学校一堂课45分钟、休息10分钟的时间安排我在家的生活，周末节假日也不例外。每天吃完晚饭后，父亲搬一条凳子坐在我身后，监督我重温教学视频、做习题，直到晚上10点半，我才能结束学习，洗漱睡觉。

重复的高压生活让我苦不堪言，我转而在学校寻找放松的空间。我逐渐迷上看漫画，有时上完一整天课，桌上还摆着第一堂课的教材。

直到期中考成绩公布，我才意识到审判的时刻来了。我的英语成绩拿了历史最低的12分。

四

那天放学，教室已经空空荡荡，我才犹豫地提起书包，没走两步又取下来打开。

因为英语是全班同学的弱项，交白卷者大有人在，更多的是像我一样把选择题乱填一气便交卷，所以老师改卷只数数做对了几道题，然后写上成绩。除此之外，试卷上没有其他批改的痕迹，这给了我改分数的机会。

我从包里拿出试卷和一支红笔，小心地在"12"前添了个"1"。

回到家，父亲笑着迎上来说要看成绩。我不敢看他期待的眼神，硬着头皮打开书包，摸出试卷递到父亲面前。

父亲竟没起一点儿疑心。"哦哟——"他高喊一声，用他那胡楂扎人的下巴在我脸颊上蹭了一下，转而朝我母亲喊，"丽萍！你猜猜你儿英语考了多少分！"母亲从厨房一团团白色水汽里探出头来，一脸难以相信。

那天晚饭，父亲特意上街买了只盐焗鸡。菜上桌后，他不停地问，成绩怎么突飞猛进了？会不会当课代表？老师有没有好奇你平时是怎么学的？

我胡诌：三中试题比私立学校简单不少，课代表应该不会重选，以及我跟老师说，平时都是父亲指导功课……

我几乎从没见过父亲像那晚一样开心。一家人虽然没有喝酒，却都有几分醉意。父亲向我妈反复念叨："我就知道有效，这样学，包有效！"我逐渐抛掉不安，开始享受起轻松的氛围。

"爸，我想买几本漫画，课余时看。"我试探地说。

"买，明天就让你妈带你去买。"父亲手一挥，接着说，"只要考得好，你要星星月亮我都给你买。"

靠着父亲给的零花钱，我在学校越发逍遥自在。我发现自己虽不擅长念书，却是撒谎的高手。我不再将试卷带回家，直接向父亲谎报成绩，我开始编织虚假的故事：同学每天缠着我讲题，老师也让我帮忙辅导同学功课，烦得要命……

谎言像精神鸦片，讲得多了，让我和父亲深陷一种"胜利者"的满足感里。父亲把我当成全部的精神寄托，不管生意上遭遇什么不顺，回到家，总能在我身上看到宽慰和希望。

我把谎言越摊越大，同时又明白，修建在沙砾上的大厦终有坍塌的一天。

五

10月的一个晚上，吃过饭，我像平时一样回到书房假装学习，实则偷偷打开漫画。不知过了多久，我听见父亲喊我的名字，接着听到他的脚步声从客厅穿过廊道来到卧室，步子很快。我忙藏好漫画书，心中生起不祥的感觉。

父亲推门进来，用那只萎缩的右手吃力地拎着我的书包。书包拉链开得大大的，显然被翻过了。

我的脸"刷"地白了。书包里藏着我全部的秘密：漫画、火机、随意涂画的课本，还有两张没有订正的试卷，分数低得可怜。

父亲两眼血红，眼泪和情绪都处在决堤的边缘，他把试卷摊到我面前问，这是什么。看我不说话，父亲的眼神从难以置信转为彻底的失望，他将试卷揉成一团拍在我脸上，拳头随之落下。

流着泪的父亲又挥舞晾衣杆，直往我头上砸。看母亲过来阻止，父亲歇斯底里地呵斥："滚开！否则老子连你一起打！"父亲把我护着头的手指关节打得鲜血直冒，不听我的哀求，一直打。

那晚仿佛无比漫长。父亲打累了，就一样样翻出书包里的杂志、火机、漫画质问，这是什么，这是从哪儿来的。接着再次将拳头砸下。等他终于不再审问我时，已是深夜。

第二天，父亲派母亲第一次到学校了解我的真实情况，于是"好学生"的假面被撕下。父亲想不明白，他为我的学习付出那么多，为什么我要与他作对。分析完所有原因，最终，他看着我即将遮住眼睛的"奇异"发型，命令我剃掉头发，不能再爱美，要一心学习。

理发店里，师傅并不知道晾衣杆在我头上留下的肿块还未消，电推子每剃一寸，都是钻心的疼。但我更在意的不是疼痛，我望着镜子里的自己，头皮乌青，活像接受劳改的少年犯。我脑海中浮现出同学们异样的表情，忍不住哭了。

初二转眼就要结束，为了中考，父亲决定再次举家回到故乡，他暂时放下生意，专职陪读。

六

中考，我以十几分之差落选重点高中，交了一笔助学费得以入学。

父亲仍然在家陪读，一家人的生活支出全靠母亲工作，我继续过着绝望、压抑的生活。直到高二那年，命运终于青睐了我，有一家艺考培训机构到学校宣讲招生。招生会后，班主任劝我和班上几个成绩较差的同学考艺术院校，以我们的成绩，三本都考不上，学艺术也许能上好些的大学。

艺考培训在重庆主城区，要寄宿几个月，这对迫切想"出逃"的我来说是天大的喜讯。回家，我把班主任的分析讲给父母听。他们商量之后，也认为这是我最后的机会，便同意了。

我终于获得了自由，和一次宝贵的否定父亲的机会。我要证明，没有他的影响，我反而能取得好成绩。在艺校，广播电视编导专业的课程有趣得多，我拼命学习，课余时间我经常一个人留在教室看片子、写影评。老师几次单独约我谈话，为我加油鼓劲。

一晃眼，艺术考试的时间到了。我凭着少有的自信状态超常发挥，在那一年全市上万名考生当中，名列第15名。我还收到培训学校发来的一纸鲜红的贺信，这封信被传得全班皆知。父亲为此高兴了很长一段时间。从那以后，他开始试着用商量的口吻与我沟通，也给了我更多的自由。

一天晚上，我听父亲和母亲在屋内商量，他决定离开家去广东继续做生意。父亲走的那天，我没去送他。他让我自己在家看书，似乎不在乎这些仪式。行李箱拉到门口，他折返回屋子转了几圈，看我在书房里，他最后提高音量喊了声："走了哦！"

砰的一声，门关上了。我没有抬头。

文/黄科

不会长大的零花钱

童年是一本厚重的书，家庭教育方式决定孩子的阅读习惯。父母是孩子的第一任老师，更是孩子书写这本书的抛砖者和引路人。

一

我生平最讨厌那种中西合璧、不伦不类的教育方式。

在我还是个小学生的时候，我妈曾经一拍脑门，决定要像个"西方家长"一样培养我的金钱观。她决定把我的零用钱断掉，如果我想要零用钱，就要像《读者》小故事中的西方小孩一样，从她手里赚。

拖一次地板五角钱，冲一次豆奶一角钱，倒一次垃圾两角钱……每天记录，按周结算。

原本我的零用钱就不多，零用钱发放制度改革后，我的经济状况更是捉襟见肘。大人们不懂得，小孩也是需要钱，腰板才能挺得直的。他们总是心安理得地认为，既然吃喝不愁，还要钱做什么？可大到好看的文具百货，小到各种零食，哪一样是不要钱的呢？

小学时，我属于回家吃午饭的那一类。有些小孩因为离家远，每天能得到几块钱的午餐费。我的同桌就是这样，他是个细细瘦瘦的小男孩，长得十分白净好看。那时小浣熊干脆面在小孩中是一种流行食品，附带的英雄卡更是风靡了整个小学生群体。

他收集卡片成瘾，每天父母给的午饭钱都被兑换成了干脆面。吃得腻味了，就会把干脆面大方地分给我。我殷勤地表示，等我有钱了，一定给他买鸡蛋仔吃。他十分感动，那时鸡蛋仔的地位跟干脆面有一拼。

我们校门口常驻着一个卖鸡蛋仔的老头儿。有人买时，他就手脚麻利地把提前准备好的面糊倒进模具里面，稍一加热，蛋奶暖融融的甜香就会飘满全街，引得一群小学生驻足流连。

可惜那时大家每天的零用钱不过是五毛一块，谁也不会轻易就花好几天的零用钱去买一袋鸡蛋仔，只能寄希望于哪个认识的"土豪"小学生买了一份，便可以凑上去要一个尝尝。我们的友谊就这样建立在鸡蛋仔和干脆面之上，我觉得我特别喜欢他，他也特别喜欢我。

为了这个承诺，我盘算了一番，觉得当个西方小孩也不亏。于是我每天认认真真地拖地倒垃圾，早起给家人冲豆奶，斗志昂扬地想要赚得人生第一桶金。

当我拿到我的第一笔血汗钱时，却被我妈当头浇了一盆冷水。她把五块两毛钱塞进我的存钱罐里，又给了我一个小本子："这是你的记账本，以后花了什么钱就要记下来给我检查，不能乱花钱的。"

什么？书上说的西方家长也不是这种嘴脸啊。可她并不在意我的崩溃，脸上只写着独裁者的冷峻。

彼时我的智商有限，所以还没有掌握记假账的技能，而我妈通常又什么都不许我买。我终于意识到，那个罐子里的钱只能永远摆在那里，给我一种"我其实也有零用钱"的安慰。

因为无法履行鸡蛋仔的承诺，我羞于去见我的同桌，只能顶着巨大的社交压力蔫头耷脑地去上学。同桌看我又没有带去鸡蛋仔，忍不住出言挖苦——"你真是个小气鬼。"

那天他运气爆表，得了一张非常少见的曹操的卡片，我也跟着其他人凑过去想要看看，他便伸出细瘦的小胳膊将我一搡，做了一个鬼脸："你是个小骗子，我不给你看。"

我悲恸欲绝——从前他不但会给我看，还会给我玩的。

二

傍晚放学回家后，我闷闷不乐地趴在桌上写作业。

没多久就看到我妈拎着一包菜回到家，她一边脱鞋一边随手把找来的零钱放进门口的小抽屉里。我妈虽然总是要别人记账，但自己却不是一个把账记得明明白白的持家女人，因此我十分确定，她并不清楚那个小抽屉里面有多少钱。

我的心怦怦直跳，一个大胆的念头跑进了我的脑海，我甩了甩头想要把它甩出去，但是那个念头死死地抓住我。

那是一个没人在意的抽屉，我为什么不能从抽屉里拿点钱呢？我也知道"偷"是一件不甚光彩的事情，可问题是，如果拿的是家里的钱，还能算是偷吗？

我又想起同桌那张生气的脸和下午桌上新画出的"三八"线。我安慰自己，这不算偷，这是我劳动应得的。

那天晚上，我贼兮兮地躺在床上辗转反侧，直到完全肯定父母已经睡熟了之后，才赤着脚小跑到门口。小心地瞄了一眼父母的房间，见他们确实没有异常的动静，便轻轻地拉开抽屉，我看到一些明晃晃的硬币，还有几张纸币大钞，伸手拿了几个一块钱的硬币后，就赶紧小跑着回了房间，迅速把钱塞进书包里。平静下来之后，我的心头涌上一种得逞的喜悦。

第二天早上，我还是挺忐忑的。吃早饭时，眼睛不住地瞥我妈，见她一如往常，似乎毫无知觉的样子，我便稍稍地放下心来。我胡乱扒完了早饭，便跑着去学校。到了校门口，我做贼似的扫视一圈，没有我父母的影子，便大大方方地走到卖鸡蛋仔的小摊前，对那个满脸沟壑的爷爷抑扬顿挫地说："我要两份。"

周围的小学生纷纷投来了惊叹的目光，我十分得意。回到教室之后，很快就在班上引发了一场骚动，一下子能买得起两袋鸡蛋仔的"土豪"小学生在当时也是没有几个的。大概是那些艳羡的目光让我昏了头，我得意扬扬地把鸡蛋仔摆在桌上请大家吃，我同桌也凑过来，扭扭捏捏地拿了一个——我们就这样冰释前嫌了。

整整一天，我都沉浸在喜悦之中，我第一次感觉到，钱居然是那么可爱的东西。花钱的感觉就好像是夏天把腿埋进凉爽的沙子里，再啃一块冰镇过的西瓜，就是一个字——爽。

欲望的消弭从来都是一种假象。三国英雄卡、悠悠球、自动铅笔……我的胃口越来越大，沉寂了两天之后，我忍不住在一个月黑风高夜，悄悄地打开那个抽屉……

时至今日，我仍然觉得那是一个神奇的抽屉，从来没有被掏空过，一旦拉开，总有钱在里面。日子久了，甚至让人产生了一种错觉：这个抽屉是由仙人打理，仙人会源源不断地把钱放进来。

三

渐渐地，我便毫无心理负担，放心大胆地去拿钱用。起初我还只敢拿些钢镚儿，到后来，便忍不住把心思动到了纸币上，先是拿了几次五块钱，接着又拿了十块的。直到某一天，我看到抽屉里有几张五十的，略略地犹豫了一下，竟然爹着胆子拿了一张。

那是我第一次拥有那么大额的钞票，拿到钱的第一时间，我便去买了一个心仪已久的皮面本子。小卖店的老板大概也是第一次从小学生手中接过这么大额的钞票，因此不住地上下打量我。

我不敢和他对视，只看着他慢吞吞地把一沓零钱一张一张地捋顺了递给我，我便胡乱地把那些零钱塞进了书包——居然还剩这么多钱呢。我突然感觉进退不得，这才后知后觉地意识到，拿这么多钱是一件非常危险的事情。

整整一上午，我都忐忑地硬撑着挨时间，满脑子想的都是被发现了怎么办。那个封面华丽的本子也开始扎眼起来，每天晚上我妈都要查一遍我的书包，那些钱藏不住，我也无法合理地解释来路。

狗急跳墙的我做出一个大胆的决定：在放学之前把剩下的钱全部花掉。

买笔和本子这种显眼的东西会惹来追问，我就只能在课间休息时买一大堆零食——干脆面、软糖，以及汽水这一类小学生轻易买不起的奢侈品。我觉得自己已经花了很多钱，可是钱总也花不完似的，这让我更加烦躁了。

一包包小浣熊被我拆开，卡片拿了出来，干脆面吃不完便大大方方地分给其他同学。汽水亦是如此。

我的座位一下子被围了起来，一直到上课铃响，还有同学恋恋不舍地看着那些小卡片和干脆面不肯回座位。

上课的是我们的班主任，那天她鹰隼一般的目光迅速扫过我，我便有些做贼心虚，低下头，情不自禁地把抽屉里的那些小玩意儿往里面轻轻塞了塞。

一直到放学，我都没能把钱花光，剩下的二十多块钱被我牢牢地攥在手里。那些钱像石头一样重重地拽着我，我磨磨蹭蹭地在路上晃。我徘徊在家门口，望着那扇门，到了非回家不可的时候，终于痛下决心，迅速把剩下的钱揉成一团扔进冬青丛里。扔掉钱的那一瞬间，我感觉一阵轻松，飞也似的逃回家。

整个傍晚，我都在小心翼翼地观察我妈的神色，那天她表现得非常愉悦，做饭也哼着歌，吃饭也哼着歌。我松了一口气，吃饭时下定决心，要金盆洗手。

钱太多了，竟然是这样巨大的负担，尤其是这种"来路不正"的钱。

四

我完全放下提防，以为这将成为我终生的秘密。万万没想到的是，我逃过了那个夜晚，却在第二天被我妈薅着耳朵拽起床。

原来，班主任看到我在班上挥金如土的样子，给我妈打了电话，让她控制一下我的零用钱。我妈当然会察觉到不对劲，因为她知道我根本就没有真正意义上的零用钱，便细细地去查了那个小抽屉的资金动向——我东窗事发了。

长大后，我看了很多小故事，很多名家也都有过偷拿家里钱的经历。印象最深刻的是三毛，在她的故事里，自己不但没有因为偷拿家里的钱而遭受惩罚，甚至还因此让家长意识到给小孩零用钱的重要性。

　　我要告诉你们，故事都是骗人的。

　　那天我被我妈暴打了一顿，我爸试图救我，却被我妈利刃般的眼神吓得退到一边，摇头晃脑地吃起了油条。不仅如此，挨打之后，我存钱罐里的全部家产也被尽数收缴。尽管它形同虚设，但那也是我的所有积蓄，为此我狠狠地痛哭了一场，却招来更重的一巴掌。

　　这惩罚还没有结束，隔了一周，班主任组织我们出去春游，我妈为了惩罚我，不肯给我买任何零食。那天我又抽抽搭搭地哭了一夜，我妈仍然冷冰冰地说："什么时候把偷拿的钱全补上，什么时候再说零食的事儿吧。"

　　惩罚持续了一个月，直到她终于彻底地把这件事情忘到脑后，我才算逃过一劫。

　　长大之后，我常常会想起这件事情。有一次和我妈说起来，她无辜地瞪着眼睛，漫不经心地问："还有这种事儿啊？"

　　现在，我已经是一个可以攒着几百块钱在超市里随意游荡的成年人了，但琳琅满目的零食却再也引不起我的任何兴趣。前阵子怀旧风兴起，很多咖啡店也开始卖起鸡蛋仔来，那些烘烤成金黄色的小点心，一颗一颗被摆在精致的盘子里，装点着冰激凌和巧克力碎片，可那个味道也不复儿时的甜美了。

现在，我又有了更多想要的东西，不管是展柜里闪闪发光的包，还是某品牌新出的钻石项链，或者是摆在专柜里买一件便要倾家荡产的衣服。每当面对它们时，我好像又变成8岁时买不起鸡蛋仔的小女孩，但我再也不会去偷了。

欲望之所以甜美，也许正是因为它永远不会被填满。

但如果能回到过去，我还是希望能够把那个买不起鸡蛋仔的小女孩拥入怀里，然后轻轻地告诉她："以后没钱的日子，还长着哪。"

文 / 董思辰

妈妈邀请我参加她的婚礼

父母婚姻破裂并不意味着父爱和母爱的消失，貌合神离、纷争不断的家庭也并不一定比单身家庭不幸。

一

2004年的国庆节，我父母突然放下工作从重庆回到家里，花三天时间办理了离婚手续，第四天就各自奔回重庆。父亲先走，母亲的步伐比父亲晚半个小时。

母亲临走时对我说："你要好好读书，妈妈会一直是你的妈妈。"

那一年春节，父亲和母亲都没有回来。父亲在电话里说，他生意很忙。母亲说她已经离开重庆，在深圳一家饭店工作。我握着电话问她："那你啥时候回来？"母亲哭了，没再说话。

父母离婚后，我和弟弟的抚养权归属父亲。父亲每每提起此事，都会说："这女人真狠心，连自己的孩子都不要。"

过了几个月，母亲突然提着一包行李回来了。那天我们在吃午饭，奶奶见她进了家门，起身去拿碗筷招呼她一起吃。虽说已不再是这个家的一员，但看在往日情分上，爷爷奶奶还是留她在家里住了一些时日。

从外地回来后母亲有些变化，她不再那么勤奋地做饭、打扫屋子，而是安静地躺在床上想着什么。这时的我突然很怀念以前过年的日子，我每天早上醒来都能听到母亲和奶奶在厨房里忙碌、聊家常的声音，待我洗漱完，桌子上会摆满丰盛美味的食物。这样的日子每年也就几天，短暂却美好，让我感到幸福并且对她下一次回家满怀期待。

母亲回家后家里渐渐变化的气氛，让我隐约感觉到那种美好不会再有了。头几天还好，时间一久，爷爷奶奶有意见了。爷爷倒不说什么，只是每天都板着个脸，奶奶则一直在指桑骂槐，怪我母亲蹭吃蹭喝。

不久后的一天，发生了一件令人意外的事情——我放学路过邻居陈厚家，看到母亲坐在人家堂屋里有说有笑的。当时陈厚的母亲笑得很灿烂，双手招呼我过去，说有好吃的要给我。我愣了愣，没理会她，跑回了家。

家里爷爷在砍柴，奶奶在洗菜，我上气不接下气地说："妈妈在陈厚家。"爷爷依旧板着脸，不接我话。

奶奶说："你妈要嫁给陈厚了，真是没良心，他们家总是欺负我们，你妈却要嫁到他们屋里。"我听完，脑子有点发蒙。

那天吃晚饭的时候，母亲回来了，爷爷奶奶各忙各的，故意不理她。母亲开口对我们说："我打算明天就走，去深圳。"

两老抬起头一脸错愕地望着我母亲，我们原本都以为她会说一下自己去陈厚家的事情和再婚的打算。她没再说什么，第二天就离开了家。

二

我家和陈厚家有很多矛盾，主要来自爷爷奶奶那辈人。

两家的田挨在一起，爷爷奶奶和陈厚的父母经常为争水渠吵架。吵完之后本应就算了，谁知陈厚的父母经常私底下使坏。他们把杂草往我家田里扔，耽误稻苗的生长；还时常往我家的鱼塘扔烂菜叶，甚至用电偷鱼。

后来偷鱼的事情败露，陈厚的父母一脸赖皮地说："电你家鱼咋了？信不信我还往你家鱼塘撒敌敌畏？"这些赖皮话真就把爷爷奶奶唬住了，我们敢怒不敢言。

至于陈厚，我觉得他长相老实，看起来很勤快。据说他从不像村里其他人一样打麻将，也不八卦别人的家长里短。我每次见到他，他都在干农活。前几年他一直在外打工，我父母离婚的第二年才返乡。听村里人说，他离婚多年，唯一的女儿在17岁时嫁为人妇，现在他独身一人，有再结婚的打算。

自打我母亲去了一趟陈厚家，村里开始疯传她要和陈厚结婚的消息。因为两家素来有恩怨，爷爷奶奶对我母亲与陈厚结婚的绯闻很是反感。

奶奶不知如何发泄心中不满，竟开始拿我撒气。要是我哪里惹她不高兴，她就莫名其妙地骂我："你妈嫁给了陈家，你怎么不去他们家住啊？"我满脸通红，心里很是愤怒，不理解母亲为什么要嫁给我们的冤家。

突然有一天，我听到一个令人震惊的传闻。村里有人说，我母亲并没有去深圳，她走的当天晚上就折返回来躲在陈厚家，关着门给那家人洗衣做饭。当时我脑袋像是遭了一记闷棍，半天没反应过来。

我跑到陈厚家，在院坝里站着，想打探一下母亲在不在那儿。他们家堂屋的门敞着，灶屋门却紧闭。我意识到，母亲离家后我多次经过陈厚家都看见灶屋关着门。而因为散热散烟的需要，平常人家不会关着灶屋门。

我望着那扇门发了一会儿愣，心想：母亲是不是就在门后？如果我敲门，是不是就能见到她？她会对我说些什么呢？我要问她为什么出现在陈厚家吗？

那一刻，我觉得母亲好陌生。

纠结了好一会儿，我终究没有敲门，转身走掉。很长一段时间里，我都觉得，那个时候母亲就在门后通过窗户的缝隙看着我。

2005年冬季的某一天，我再一次放学路过陈厚家时，见到了母亲。她表情很自然，全然不顾周围妇女的指指点点。

她像女主人一样跟我打招呼："儿子，回来了啊？"看来，母亲真的要嫁给陈厚了。她的新家离我家五十多米，我打开后门就能看到她家的大门。

我红着脸，内心既恼怒又害臊，低着头一言不发地走回家。爷爷奶奶在外面干农活，我没有钥匙，手足无措地蹲在院坝里。

不知过了多久，我听到母亲在远处对我说话："你蹲着做啥？咋不进屋？"我保持原本的姿势不动，也不看她。

"一会儿过来吃晚饭吧。"

我还是不说话。

我隐约听见母亲叹了口气，并继续说话："我离婚了，需要依靠，我嫁这么近，也是为了方便照顾你和弟弟啊。"

三

母亲见我仍然默不作声，过来把我拉起来带到她新家吃晚饭。

那顿饭吃得很难受，她一直给我夹菜，我边埋头吃饭边听着她和那家人唠家常，显然他们彼此已经很是熟悉。我忽然觉得好可怕，难道母亲真的像传闻所说一直在陈厚家躲着吗？我很想问个究竟，却从未开那个口。

一个多月后，母亲和陈厚要办婚礼。婚礼前夜，母亲穿着新衣服和高跟鞋来家里跟我和弟弟说："明天过去吃饭吧，到时候应该会很忙，我就不来叫你们了。"我和弟弟不回话，母亲再次叮嘱，我只好先应下来。

第二天，我俩没有去参加母亲的婚礼，我们找不到去的理由，也不知道应该以什么身份去，更不知道怎么缓解内心的苦闷。外面鞭炮和祝贺的声音异常刺耳，我把所有的房门死死关上，和弟弟手足无措地缩在房间里。

弟弟比我小两岁，他问我："哥，我们以后是不是没有妈妈了？"我不知道如何作答，便没有理他。

奶奶在旁边一遍遍讽刺我和弟弟："你妈嫁人了啊，你们怎么不去看看啊？"

…………

那之后，母亲每次见我都是笑脸相迎，不管我做了什么坏事，她也没有说过我任何一句不是。

母亲对我很好，可我无法正视她，上下学尽量不从她家门前过。我避开她，她却总喜欢来叫我们兄弟俩去她家吃饭。我拗不过她，去过几次，她的手艺和以前一样好，只是我们吃饭时的心境都变了。

过了几个月，弟弟稀里糊涂住到了母亲的新家。我想挽留弟弟，不料他先开了口："你以后经常来我家玩吧。"

四

小学毕业以后，我和弟弟被父亲接到重庆读书，和一个只比我大几岁的继母一起生活。因为继母，我和父亲经常吵架，过得并不开心。父亲没有打骂我，只是在我初中毕业后，把我赶出了家门，不再让我上学。

弟弟的遭遇与我很相似，他小学毕业以后，被父亲送到艺术学校学民族舞，被寄予了成为明星的期望。没多久，14岁的弟弟在练舞时不慎弄断了胳膊，伤好之后，他打定主意不再去学舞蹈，想换一所学校。父亲不肯，两人僵持不下，最后父亲也让弟弟失学了。

弟弟很倔强，为了养活自己，他去饭店后厨打工，一边工作一边学厨艺。而我为了继续上学，回老家寻求母亲的帮助。那段时间，我和母亲经常聊天，想说服她给钱让我继续完成学业。她同意出钱，并与我商议读普通高中还是职高，我的意愿是上普通高中，她也表示赞同。

在我满怀希望准备迎接高中生活时，有两个状况让我感受到了危机。一个是市里某职业学校的老师，不知从何处获悉我的资料，天天往家里跑，忽悠我去学他们的模具专业。另一个是陈厚的父母，对于母亲支持我上学这件事，两位老人十分反对，甚至指着陈厚的鼻子骂她，说着各种各样的难听话。

陈厚的父母着实厉害。母亲承受不了那么大的压力，最终妥协。她过来与我商量："其实，不读书也无所谓的对不？很多厉害的人，大老板什么的，都只读了一个初中……"

"我知道了。"我点了点头。她有丈夫、孩子要考虑，我是理解的。

过了几天，我到长沙的一家饭店当起了服务员，只干了三天便选择离开。我觉得那不是我应该干的事情，可不知自己要干什么，于是又跑回了家。

百无聊赖地待了一段时间，我觉得还是出去闯闯为好。走之前，我去跟母亲告别，她偷偷给我三百块钱，还炸了一些鱼干放到瓶子里让我带着。

我揣着母亲给的钱和鱼干，出门闯荡去了。

五

父母离婚的十三年间，我们一家人走着不同的道路。

父亲的生意渐渐稳定，有一个非常可爱的女儿。母亲在乡下建起一个小型农场，养着猪、珍珠鸡、洋鸭，生活怡然自得。弟弟在饭店里习得一手好厨艺，以开一家属于自己的饭店为目标。

至于我，这一路走得艰难，庆幸的是我最终活成了自己想要的样子，辗转多地来到北京，从一个打工仔变成一名出版行业从业者。

有次回老家过节，母亲拉住我，说："不管你在外面有什么样的身份，是好是坏，在我面前你都只有一个称呼：儿子。"母亲很少说这种感性的话，她的爱很克制，平常只体现在食物上。

"我没什么能力，只能给你做点吃的，唯愿你在外面身体健康，平平安安，多挣钱。我不期望你以后会养我，只要你自己过得好就行。"

　　凡是过年过节我回老家再返城，母亲都会亲手给我准备一些吃的，炸鱼、炸鸡、羊肉和香肠。我带到北京放在冰箱的急冻室里，想起来就拿点出来吃，断断续续几个月才能吃完一饭盒。

　　母亲能给我的爱啊，就剩下这些了，所以我很珍惜。

文 / 程沙柳

第四章　还没年轻就老了

终南山的隐居者

隐居山里欲修行，虚无缥缈孤身影。
年轻需怀青云志，终南山下无捷径。

一

魏超今年 26 岁，来自蒲松龄的故乡淄博，是个寡言而偏执的山东小伙儿。2016 年刚过，他一个人背着书包来终南山寻仙访道。

第一次见他是在 2017 年春天，我在抱龙峪向他收房租。当时他身着对襟布扣衫，脚蹬圆口黑布鞋，除了头发短一些，简直像从古时穿越到现代的文弱书生。

房子是移民工程前我家的老屋，一座孤零零的农家小院，位于抱龙峪半山腰上。每年都有许多修行人士来终南山租房隐居，抱龙峪因为出入方便、环境清幽，成了他们理想的道场。

我们原本在网上讲好价，房租每月200元，一次付半年。见面后，魏超反悔了，着急砍价又不善言辞，只知道一遍遍重复：每月150元，一次付3个月。他脸色苍白，小眼睛流露着哀求的光，脸颊上的粉刺一着急憋得通红。我们僵持了一阵，最终我还是让步了。

像魏超这样来终南山的"隐居者"，我这两年见多了，其中不少还是90后。他们或创业失败，或恋情受挫，或与家人不睦，或厌弃生存压力，感叹着人世无趣，执意要归隐山林，所以纷纷背起行囊来到这里，企望获得心灵的净化、精神的解脱。我猜想魏超也是。

终南山里残破的农院都租给了这些年轻人，倒是意外地打造了隐居经济，也算造福他人。

但租房才两个月，我就接到魏超合租者的电话，说魏超的家人从山东赶来，要抓他回去，让我赶紧办转租手续。

挂了电话，我直奔山里，见到了魏超的父亲和姨父，旁边还有一个剃了青头的年轻小伙儿——就是他打的电话，魏超将一间空房转租给他，每月收80元钱。

魏超的父亲和姨父要把魏超扭送回山东，但魏超坚持要在这里定居。青头小伙儿则表示，无论魏超走不走，他都想继续租住这个小院。

看情形，我来之前魏超和家人发生过激烈的冲突。见到我这个房东，魏超的父亲苦着脸上来发烟，并歉疚地说要退房。

魏超一直蹲在院子角落不出声，直到父亲说出退房，才闷闷地说了一声"不退"。父亲听了冲上去就把儿子踹倒在地，怒不可遏地问："养你这么大，给家里什么回报了？不上班钻到这里来混日子。"

魏超爬起来拍拍身上的土，继续回到原地蹲好，似乎习惯了父亲的打骂。他爸满腔悲愤，又要上去打，我们急忙拉开，他爸这才作罢。

二

等院子里气氛渐缓，魏超的姨父向我讲述了魏超来终南山之前的经历，证实了我的判断。

魏超在山东念了个大专，毕业后考了两年公务员都失败，就待在家里不愿出来。魏超父亲脾气坏，看他无所事事，对儿子动辄打骂，哪怕魏超今年已经 26 岁了。小时候他爸就望子成龙，相信"棍棒底下出状元"，可越打越失望，眼见别人家的孩子学习好又懂事，再看自己儿子一副没出息的样子，心里气恼，打魏超打得更厉害了。

10 岁时有一次下手重了，魏超的一条肋骨被打断。一个 10 岁的孩子，被父亲打断肋骨，心里既委屈又害怕，或许还有对世界与日俱增的戒备。魏超从此就跟他爸生疏了。他爸也后悔，都说养儿防老，孩子长大了还认不认他这个爹？想来想去，想着也许打怕了就听话了，结果更是适得其反。

　　他妈是个苦命的老实女人，对魏超既不打也不管，魏超只管跟她要钱，要不到就在她面前发脾气。一受这爷儿俩的欺负，这女人就躲在家里哭。

　　现在魏超成人了却不会挣钱，家里待不下去，就跟他妈要了 3000 元钱，说自己要出门学电脑，走了两个月却没一点消息。前两天又跟他妈打电话要钱，当妈的追问儿子到底在干什么，他就赌气把电话挂了。最后跟老家同学借钱，同学给他父母报信，说魏超在终南山。

　　"这崽儿，是被他爸揍怕了才躲这儿来。"姨父有些怜悯地看着魏超，刚开口就被魏父粗暴地打断了。

　　"怕个屁！他要是怕，能毕业 4 年都不好好找个工作？20 多岁的人还靠我们养活，我看是没打够。"他父亲越说越气，操起地上的板凳又要打，被我们劝住了。

　　魏超一直低头蹲着，一言不发，他父亲和姨父只得先去山外的村里找了小旅店落脚。我留下来商量后续怎么办，魏超只是习惯性地重复着一句话："你放心，房租不会拖欠你的。"

魏父没拗过魏超，愤愤地回了山东。他姨父不忍心，给他留下一笔钱。

三

我问魏超在山里的经济来源，劝他先找个工作，来山里的人没有收入都待不了多久。有个年轻人创业失败，破产后隐居在大枯崖上，独自在山里修行，没饭吃了就练习辟谷，幸亏在奄奄一息时被采药的人发现，否则真的就飞升了。

魏超想了半天说，开源不成就节流，在这里一个月花不到 200 元钱。

"这点小钱没问题。"他挤出一个轻松的表情后，又垂下头去。

魏超说来西安后，他曾经以"参观者"的身份去市里参加了一次招聘会，见识到了我们这个高校大省令人恐怖的人才市场。

"人山人海的阵势，好吓人。"魏超吐着舌头说，"幸亏我不是其中之一。"

他又说自己也上过班，在淄博做电话销售员，每天打几百个电话，组长在后面防贼一样盯着，喝口水的时间都没有。打了 4 天电话，患了耳鸣的毛病，不打电话的时候，耳朵里嗡嗡地响，还没出业绩，他就不干了。提及唯一的工作经历，魏超眼神飘忽。

我说刚毕业起点必然低，要经过一个发展期，积累经验，锻炼能力，才能真正发展事业。我还以自己为例，说自己在工厂一线干了许多年，才做上部门经理。

"我们跟你们那时不一样。"魏超立刻找到了理由，"看新闻没？今年毕业生有多少？"

他语速加快，伸出右手，在空气中用力地比画出一个"八"字："800万！加上以往没就业的，至少得1000万。用人单位更牛，我们山东，给一千多元的工资，你不愿意干，有的是人来补上。"

发现自己情绪激动，违背了修行的规矩，他转身去烧水，说要给我们泡蒲公英茶。泡茶的工夫，他舒缓下来，娓娓地跟我们谈起住在山里的感受：

"我每天都去山里采蒲公英，一路欣赏着秦岭的风景，世俗的烦恼就没了。喏，你们尝尝，中医说蒲公英茶平肝解毒。"

魏超在这两个月里把《本草纲目》读了一遍，这是他一直想看的书。经过多年考量，他最终选择中医作为今后的事业，认为传统中医学是一门历久弥新的学问。

我注意到，老屋里废弃已久的灶房又开始使用了，灶头的厨架还摆着半个馒头，旁边是一些调料。

青头小伙儿在一旁说，魏超过午不食，正在修行呢。

四

初到终南山，魏超的隐居生活还算充实。每天下午5点，魏超要去后山的道观听晚课。刚来山里时，他想去做道士，但道观每天都有年轻人来拜师入道，为避免年轻人冲动，道观让申请者先在家里开一堆证明材料，魏超不敢再跟父亲提这事，只得作罢，转而参加道观的公益课堂。

在道观听课的弟子们组织了一个义工团队，他们的经历和魏超类似，这些找不到工作的毕业生，现实的失意使他们转而寻求精神上的寄托。

学员们提出的问题大都关于"意义"：工作辛苦，却始终徘徊在社会底层，他们质疑"奋斗的意义"；娶不起媳妇，他们质疑"感情的意义"；不知未来将走向何方，他们质疑"生命的意义"……在现实中找不到意义，他们希望在求佛问道中找到安全感和归属感。

"一讲真正的道法，年轻的学员们就很难听进去。来学道的年轻人，对'虚无'的了解大都浅薄，他们中的大多数人是在找一条避世的门径，并非想通过修行来掌握万物运作的规律。"看着年轻人如流水般在道观匆匆来去，一位年届五十的居士这样叹息。

由于没有收入，这些外来义工除了在道观做杂事外，也跑其他道场，因为有免费斋饭。但有些道场没有宗教资质，大都由山间农屋改造，门口贴上三清尊神的画像，或者挂一块"虚怀止语"的牌子，以示为修行场所。

有些道场注重营造氛围，专门辟出古色古香的禅房供背包客租住，义工们除了洒扫之外，还被要求在社交群里发布出租信息；有些道场依靠做法事生存，给红白喜事念咒烧符，义工们穿上道袍巾冠打杂或者做事，还真有了道士的样子。

不少义工看到有利可图，一改进山的初衷，跟着道场拉业务，日子过得风风火火。魏超看出这些道场是由生意人经营用来牟利，以招义工之名让他们免费干活，他就不再去了。

山里常有人组织讲课，魏超跟着去听，讲国学，讲中医，讲气功，讲佛讲道，讲鼓瑟笙箫……魏超到处听完后，就回到出租房内，自己闷头研究。

暑天我进山消夏，我们三人聚在老屋小院。魏超蓄了胡子，对着我和青头小伙儿清谈，神情亢奋，把学来的东西东拼西凑地讲给我们听。问及下一步打算，魏超斟酌了一番后说："我准备写一部奇书，我要将平生所学注入其中，给所有人展示我的山居成果，也改变一下我爸对我的看法。"

我好奇地问魏超写什么书，并说自己有时也写东西，我们可以互相交流。魏超听了，脸上却掠过一丝冷傲和不屑，批评我们陕西人写的文章太土，跟我们讲现代主义，谈着谈着又拐到了他们山东的蒲松龄和莫言。

青头小伙儿推开魏超的卧房，指着床头的一摞书让我看，说魏超要先把这些书看完。我过去翻了翻，都是盗版的线装书，《道德经》《淮南子》《黄帝内经》等等，上面还有他做的笔记。

五

与魏超合租的青头小伙儿还挺靠谱。他大魏超3岁，是陕西人，西安美院毕业，在广告公司上了几年班，辞职后来终南山潜心创作油画。他有时给书院的画廊画工艺油画，挣点零用钱，加上工作时的积蓄，没什么经济之忧，在终南山倒也逍遥自在。

他坦言，自己初次入山，不敢一个人住，就在网上找到了魏超，一来壮个胆，二来有个交流的伙伴。对未来，他规划得有条不紊。

"我们画画的，必须定期腾出时间自由创作，否则一直给公司搞商业绘画，要么被气死，要么变麻木。上一阵子班，再过来隐居一阵子，挣钱创作两不耽误。"

他说待在山里最大的感受，是忘记了时间的存在，有时潜心看书到深夜，有时花一整天去调色，一回头才发现日沉月升；有时长久地站在山巅，观察自然的神奇变幻，会有许多惊喜的领悟，对自己的创作很有启发。

我说这样完成的作品，肯定不同凡响，能卖出高价。

小伙儿严肃地摆摆手："来隐居的目的，就是对得起自己学画的初心，要是还念着市场价值，不如去公司多挣点呢。"

不少书画家在山里有画室，有的人建造了私人庄园，小伙儿常常带着魏超去寻访交流。魏超性格有点孤僻，与人交谈时一旦观念相左，就偏激地反驳对方，时间长了，他成了圈子里最不受欢迎的人。

魏超被冷落，说好听了，是文人相轻；说难听点，是大家嫌他没有利用价值。许多参与交流的年轻人，受了终南山"隐居文化"的影响，耽误了工作，把精力都放在谈玄论道上，还自称时运不济，大家聚成一个圈子互相打气，指望有一天中间有谁飞黄腾达，自己也能沾光。

本来山居生活就孤独，又被众人隔离轻视，魏超自此离群索居，对合租的青头小伙儿也闭门不见。

有一天深夜，青头小伙儿给我发微信，说听见魏超在屋里闷头哭泣，他去敲门安慰，魏超也没有搭理他。我问他魏超为什么哭，小伙儿说，他个性孤傲不肯低头，现在又总是独来独往，时间久了，慢慢地，连与人交流都困难。估计是一个人在山里，太孤单无助了。

六

转眼到了 10 月，山里已经开始下雪，远远眺望，太乙峰上覆盖了一层银白。青头小伙儿受不了山里的寒冻，退房回城了。

临行前，他告诉我自己虽然和魏超住在同一屋檐下，但很久没有说过话了。魏超每天闭门不出，把自己关在屋里钻研修道，声称自己已经开始修炼内丹功法，屋里常常传出古怪的念叨声，他听了深感不安。

天气一冷，山居生活更加清苦，吃饭穿衣柴火都是一笔花销，魏超又不肯勤快些做事赚钱，姨父留下的钱花光后，他坐吃山空，吃住条件每况愈下。他空谈抱负，实则好吃懒做，又长期不愿与人来往，有些自生自灭的意味。

小伙儿曾试着给他讲道理，劝他趁年轻找个正经工作，否则人就废了。但魏超长时间脱离社会，说不愿面对俗世纷扰，对劝导很是抵触，甚至冷脸以对。小伙儿既无奈又不放心，念在相识一场，托我劝劝他。

他最后好心建议我，别让魏超一人住在山里，他现在的精神状态，出了事也无人知晓。我抽空约了同事，带了点熟食去探望魏超。那天傍晚6点，院子里大门紧闭，我们连敲带喊了半天，魏超才裹着被子出来开门。他的头发胡子都长了一大截，蓬头垢面，气色萎靡，这副容貌让我大吃一惊。他望了我们一眼，张了张嘴，什么都没说，又转身回了屋子，似乎长时间不与人交流，他已经不会说话了。

我们跟着进去，屋里涌出一股浓重的馊味，灶房没洗的锅碗乱堆着，脏得令人反胃。卧室床上的被褥潮湿不堪、油腻发亮。床头仍摆着那几本盗版书，空白处写满了横七竖八的笔记，什么"绝圣弃智""去欲而安"之类的话。

见此场景，我直接给他父亲打了电话。

两天后，魏超的父亲和姨父又来到了抱龙峪。魏超两眼无神地窝在床上发呆，长时间营养不良，他看起来不但意志消沉，身体也羸弱得不堪一击。

魏超父亲也被儿子的情况吓到了，换了一副口吻，温声细语地劝他回家。魏超却对父亲躲躲闪闪，意识都不清晰了，嘴上还是坚持不肯回家。我们一行人劝了很久，快要放弃了，他才嗫嚅道："不想回家，不想上班。"

姨父赶忙过去搂着安慰："不上班不上班，先回家，马上过年了，一家人先好好团聚。"连哄带劝，仨人坐上了回山东的火车。

这个精神恍惚的年轻人，在社会上碰了壁就一蹶不振，试图通过隐居终南山找到生活的意义，但最终，这段经历不过在他身上抖搂了一身虚无主义的灰而已。

那天我下山时，又碰见了几个年轻的背包客。他们一边登山，一边高谈阔论这群山绵延的终南福地，里面一定隐居着世外高人，他们也想要去寻仙访道。

文／王磊

背房贷的男孩

成长就是一个缓慢受捶的过程。一心闯荡世界的追风少年，终有一天也会被淹没在油盐酱醋里。

一

山鹰是我朋友圈中的追风少年，也是我的偶像。

认识山鹰是在大二刚开学的时候，我们同在河南新乡一所学校念书。他是比我低一级的学弟，我学法律，他学市场营销。

有一天，一个朋友找我吃饭，说要介绍一个老乡给我认识。见我不以为意，朋友严肃起来，说："这个人你必须认识，他会影响你的三观。"山鹰来了，大高个，但少言寡语，我没看出他的特别之处。后来我才明白，他是看不惯我们常见的人情往来，索性连样子也不装。

唯一能唤起山鹰激情的，是去远方。就像他的QQ签名：活着，就要折腾。

山鹰的宿舍床头整整齐齐摆放着一排《国家地理》杂志，因为常年翻阅，封皮已经出现了褶皱和毛边。他常常指着杂志里的风景对我说："这辈子一定要去一次，否则人生就没有意义。"他的床铺墙上还挂着一张世界地图，每看中一个地方，他就会用铅笔标注，哪些可以骑行，哪些可以坐火车，哪些可以少花钱。

山鹰在学校里没什么朋友，因为身边的人都怕被他带坏了。有一次，山鹰从外面回宿舍，见大家在讨论《狼图腾》，他问，有谁想在下雪天去草原？所有人都害怕似的摇摇头。山鹰觉得没意思，转头就出去了。

在这所普通的学校里，我们的同学多来自小地方，视野逼仄，追求平稳的生活。日常学习之外，大家都对未来充满忧虑，不是忙着攒实习经历，就是努力在学生会混出头。唯有山鹰格格不入，就像他那辆拉风的红色山地车，在校园里一骑绝尘。

每次他骑着车从我身边呼啸而过，我都感觉他像个出征的孤胆英雄。他曾骑行去杭州看西湖，去海南过春节，还到极北漠河过生日——在雪地里裸奔以作纪念。我跟朋友们开玩笑说，我还没他那辆自行车走过的地方多。

生活就是一个缓慢受捶的过程。可在我眼中，谁也捶不了山鹰。

我们大部分时候都约不上山鹰，因为他不是在准备去远方，就是在去远方的路上。即使一个周末，他也能从新乡骑行到郑州。给他一点时间，他就能放肆起来。

有一次，我们在饭桌上聊到"结婚"这件事。山鹰摇摇头说："我这辈子估计是不会考虑了。"我问他原因，他说自己的梦想就是折腾。结婚了，一辈子就被拴住了。我又问他，房子还买吗？他说，一个人要啥房子？有了房子，这辈子也被拴住了。

临近毕业时，山鹰给我发短信，大意是自己要骑行去西藏，各位朋友如果方便，请支援点。那次因为去西藏，山鹰耽误了必修课程，被学校扣押了毕业证。因为不在乎，山鹰很少提及这事，我也是毕业后才知道。

聊起时，山鹰哈哈一笑，说："毕业证算什么？我的经历就是毕业证。"又说："老吴，你知道西藏的天有多蓝吗？你知道那边的山鹰有多壮观吗？"从那以后，我就在心中给他改了名字，叫"山鹰"。

几年后，社会上出现一种叫作众筹的商业模式。我顺手将新闻转给了山鹰，并说，几年前你就在玩这个。他笑而不语，回了在长白山天池的照片。

随后他说：你也来看看吧，太美了。

我说：我在筹钱还房贷呢。

二

2008年毕业后，我的一部分同学回老家考公务员，个别志向远大的去了大城市，还有人选择了继续深造。我按部就班，到省会郑州工作。选择郑州，是一个讨巧的活法，这里没有一线城市那么大的压力，但未来发展空间也有。

听说就业形势不好，我很害怕，还没毕业就联系上郑州的同学开始找住处。我租好房子后，给山鹰发短信说：我安顿好了，你毕业后想来郑州可以找我。

山鹰回信说：老吴兄，未来太遥远，先过好当下吧。我注定是四海为家的一根草。该找你时我一定会去的，勿念。

一年后，山鹰也毕业了。他没来郑州，也没回老家信阳，而是直接去了北京。我其实也想去北京看看，但没有勇气，北京太大了，我害怕被吞噬得尸骨无存。

去北京前，山鹰路过郑州。我约在郑州的朋友一起吃饭，其中有个朋友刚买房，手头十分紧张。那时图便宜，他们买的是期房，签合同时，房子才刚打了个地基。山鹰对这种早早背上房贷，把自己圈在一个地方的行为十分不屑。

2008 年，郑州房价在 4000 元一平方米左右，但我一个月工资才 1500 元，两个月不吃不喝也买不了一平方米房。我想，房子这么贵，把自己半辈子都押上去了，值吗？

"买房的都是傻子。"借着酒劲，我说道。

"买房的都是傻子！"山鹰将我的话对着天空大吼。我还记得那个夜里，我们晃晃悠悠走过花园北路，路边传来支持的应和声。

事实证明，没有及时买房是我毕业后做的最打脸的一件事。从 2010 年开始，不管是郑州，还是信阳，房价如同坐了火箭一般，一直上涨，似乎每拖延一刻，我们就会输掉一个卫生间。

2011年，我和相恋一年多的女友选择了裸婚。刚开始，即便是租房也能有一番乐趣，可慢慢看着当初买房的同学已经搬进了新家，还有更多的朋友走在买房的路上，我们却连装修房子的自由都没有。妻子心里开始不平衡，买房之事被重新提上日程。

那段时间，我和山鹰抱怨压力太大，他劝我要量力而行。我回家试图劝服妻子，随之而来的却是一场剧烈的争吵。

我出身农村，经济上，父母帮不了什么忙，只能靠自己买房。又逢母亲生病，房子首付基本都是借的，还刷了一万元的信用卡，前几个月，我得四处找人套现还信用卡。

生活把我给捶了。我成了山鹰最瞧不起的房奴，家里吃喝玩乐的开销全部压缩，连假期旅游也降级为去免费公园散步。

山鹰依旧我行我素，在北京待过一段时间后，他回信阳开了一家专业的品牌自行车专卖店。他一边卖车，一边组织车友会活动，生意和娱乐一块儿做了。

因为要还房贷，孩子又快出生，我的压力更大了，不得不考虑更换工作。我在微信上咨询山鹰的意见，说我有一个工资翻倍的工作机会，就是比较忙。山鹰不同意我去，说：你想累死吗？

我那时脑子里只有房贷和孩子，还是辞职去了。这份工作很忙，领导勤奋，所以喜欢看大家加班的状态。那几年里，我没有休过一个完整的周末，随时有事，随时报到。

每当夜色降临，我独自从那栋蓝色写字楼的电梯里或轻松或沉重地走出来时，都习惯性地去翻山鹰的朋友圈，看看他外出旅游的照片，虽然很多都是穷游，但也给了我不少慰藉。

刚开始我还找山鹰聊几句，我总是抱怨比较多，而他总劝我活在当下。渐渐地，我们聊天越来越少，我也刻意减少去看他朋友圈的次数。

为了发泄，我开始拍郑州的地标建筑物，因为形似玉米，所以被大家戏称"大玉米"。但凡加班，我就拍一张大玉米的照片。后来，我自称是这个世界上拍大玉米最多的人。山鹰经常给我评论，说拍得好。其实我更想给他评论，他的照片拍得粗糙，却是我想要的生活。

某天，我被老板骂了一顿，又去拍大玉米。看见山鹰的评论，我把这句话发给他。

他说：你出来看看呗。我说：我走不了，公司事多。他说：你卖给公司了吗？

我说：差不多吧，反正没有你自由。

我给经常加班的同事讲山鹰的故事，他们都很羡慕，说有机会一定要去体验一下。但我们只是嘴上说说，没有人真正去实践过。

在我们看来，只有山鹰实现了对自己人生的承诺。

三

但没想到，有一天，山鹰告诉我，他买房了。

我自从成了标准的房奴和孩奴之后，变得异常忙碌，与朋友们渐渐疏远。每次难得的聚会，大家也只是吃吃喝喝。在成年人的世界里，酸甜苦辣是不能轻易说出口的，只能随酒水一块儿喝进肚里。至于那几年，山鹰遭遇了什么，我更是不清楚。

"想通了？"我问。

他苦笑着摇头，说起了自己"被迫就范"的过程。山鹰的父母眼看孩子越来越大，觉着他该娶媳妇了。如果不买房，不娶妻，那这个男人活得多失败啊！

山鹰的父母替他四处奔波看房，某次看中了一套，问山鹰意见。山鹰赌气说："既然是你们看上的，那你们买吧。"

当时房价正处于高位，年迈的父母存款有限，就找到了山鹰的哥哥。哥哥听说是为山鹰结婚而准备的，借钱加上刷信用卡，帮他交上了房子的首付。

等父母通知山鹰时，木已成舟，他看到的是一沓签订好的购房合同和贷款合同。房子是以父亲的名义买的，哥哥告诉他，从下个月开始，他就要还房贷了。

后来山鹰的哥哥告诉过我他家里的打算，给山鹰买了房，他就有了生存的压力，再寻个合适的媳妇，一年半载后，生个孩子，他就更安分了。

我突然有点心疼山鹰，我还房贷是正常的，但他不应该过这种日子。几个月后，我再联系山鹰时，他人已经在北京了。对山鹰来说，在北京生活压力虽然大，但很自在。北上广能容得下他这样的人。

　　我知道，山鹰的梦想是没有止境的，他面临的世俗压力和我一样，只是他比我更有勇气出走。2017 年的春节，他没敢回家，就是为了躲避亲戚们问不完的问题：怎么又出去乱跑？怎么还不结婚？

　　一次，山鹰的哥哥给我打电话，让我劝劝山鹰，让他老老实实回信阳找个工作。

　　我说信阳不适合山鹰，他应该属于大城市，属于大自然。他哥哥反问我："那你怎么不去跟着他跑呢？"我没能接上话。

　　后来再看山鹰的朋友圈，还是天南地北的游历，一路带着帐篷和装备去的。有一天，山鹰发了个朋友圈：

　　当你写 PPT 时，阿拉斯加的鳕鱼正跃出水面；当你看报表时，梅里雪山的金丝猴刚好爬上树尖；当你挤进地铁时，西藏的山鹰一直盘旋云端。

　　我觉得，追风少年又回来了。

四

　　三十而立，我从男孩成长为男人，学会了承担家庭的责任，也习惯了忙碌的生活。大玉米写字楼渐渐成了我的深夜伴侣。晚上7点，它准时亮灯；23点，它准时熄灯。每天下班时，我都会抬头看大玉米，它若是亮灯了，说明今天我又加班了。

我心里常常产生幻想，今天是不是没有努力？写字楼里的那些人是不是还在忙？我的敌人是不是在磨刀？我的对手是不是在进步？想完，我又开始焦虑了。

可一旦闲下来，我就听筷子兄弟的《老男孩》：梦想总是遥不可及，是不是应该放弃；花开花落又是雨季，春天啊你在哪里。

我感觉自己离理想的生活越来越远，只好把歌曲分享给山鹰。他很长时间后才回复，或是不说话，或回一首汪峰的《北京北京》应景：我在这里欢笑，我在这里哭泣；我在这里活着，也在这儿死去。

我得知，山鹰在北京干过销售，后来又干过餐饮。记得他说，有一次同事们都在聊买房的事，他一句话没说，悄悄地出去了。

正是因为人在北京，还要还信阳的房贷，29岁的山鹰，也开始感到迷茫。我建议他来郑州发展，山鹰说北京离梦想更近，但存不住钱，也买不起房，如果要回，也是回信阳，因为信阳有房子。

我的孩子上幼儿园后，我问山鹰结婚的事，他说家里介绍过，但不想见。

有一天，山鹰和我视频聊天，我发现他在天安门广场，后面是川流不息的长安街。我还没有开始问问题，他却开始问我，为什么父辈们总觉得他们是对的？

我说，他们很多都是从泥土或饥饿中走出来的，总希望孩子们稳定。

山鹰又问，为什么需要稳定呢？人生就这几十年，安安稳稳有意思吗？

我说，太稳定尽管没意思，但很多人不敢去尝试。山鹰说他明白了。我问他明白什么了。

他说，过一段时间我就知道了。

五

接到山鹰的结婚通知，我正在公司食堂吃饭。我开始不相信，回了句：滚犊子。你是在玉龙雪山，还是在喜马拉雅山？

山鹰回复：这回说真的，房子都买了，还能往哪儿跑？

结婚对象是家人给他介绍的，双方家庭知根知底，父母勒令他限期结婚。他以前谈过女朋友，一直躲避着结婚这件事，但这一次他妥协了。两家选好了黄道吉日，只等他回家。

我一时间有些心痛，我从没想过，他会和我一样，被生活给捶扁。这个世界实在太单调了。

我问山鹰："结婚后，你觉得自己会幸福吗？"他摇头说："不知道，有些东西，得尝试。我觉得这女孩挺好的。"随后又补充说，"结婚在哪里都可以，但买了房子，人就不自由了。但我现在一大半收入都给了房子，哪里还有力气去其他城市？我若不同意结婚，就是不孝……"

　　"你就不会不孝一回？"我说。他说："父母老了啊。"

　　我这才知道，背后还有故事。山鹰一直以四海为家，照顾父母的任务都落在哥哥一家身上。刚开始还没出现矛盾，但时间一长，嫂子不高兴了。有一次老人生病，哥哥工作正忙，嫂子在家里发火，说："你家就一个孩子吗？"

　　父母自然明白儿媳话里有话，什么也没说，只是给山鹰打了个电话。那时候，山鹰才发现父母真的老了。作为一个儿子，养老送终是本分，端茶倒水也是本分。但这几年，他什么也没做过。

　　就这样，山鹰回了信阳，顺从父母的心意结了婚，每月老老实实上班，按月还房贷，抽空就回老家看望父母。

　　不久前，我在老家见到山鹰的父母，老两口喜笑颜开。拿他们的话来说，山鹰终于成熟了，知道顾家了。他们现在最大的期待，就是抱孙子。

　　我问山鹰过得幸不幸福，他说就这样，马上就到油腻中年了，准备要个孩子。说到孩子，我俩的话题又多了起来。

文／吴晓阳

群租房里的女孩们

拥挤、肮脏却价格低廉，群租房是部分年轻人进入大城市的第一站点。

一

2016 年的暑假，为了给家里省钱，我决定放弃考研，投入求职大军。我的小理想，是成为一个内容创作者，但海投了上百份简历，最终只收到一个面试邀请。那天夜里，我急忙从村里坐火车赶往北京面试，意外顺利地拿到了 offer。那是国内一线艺人的工作室，坐落在国贸核心区的一栋写字楼里，人生第一次，我踏进那么高档的地方。

尽管不是我最向往的工作，但有一个瞬间我觉得北京正在向我敞开大门。同学们纷纷祝贺我成功进军娱乐圈，但他们不知道，我的实习月薪只有 1500 元，还不如在学校发传单赚得多。

当时，我还在青岛一所大学的新闻专业读大三，学费是用 3 万块钱的助学贷款交齐的。父母都在广西桂林的一座村庄里务农，家里还有一个弟弟在上高中，父亲希望我能早点还完贷款，每年要还一千多块利息，不值当。

之前去上海旅游，我曾住过30元一天的群租房。初到北京，为了不跟父母伸手，我也第一时间想到了群租房。看房不到两小时，我就在仅一站地铁之隔的双井找到了合适的房子。

看房的路上，房东阿姨对我说："房看再多也没有用，所有群租房的条件都差不多，看你有多少钱，钱越多一起住的人就越少。"对我来说，自然是越便宜越好，但是，最便宜的房子住的人实在太多。

我最终敲定了一间24人共住的房子。这间群租房由两室一厅改造而成，被分割成三个区域，20平方米的客厅挤着10张上下铺床位。客厅最宽敞，我选择了其中一个床位，是整个屋子里最便宜的，每月600块，性价比很高。

客厅阳台朝向背光，在花裙子、白衬衫等大批衣物遮挡下，太阳只有在中午的时候稍稍光顾。大部分时间，房间里的微微泛白的碎花床被们都沉浸在阴影里，跳腾不起来。一些床铺上衣服、衣架、纸巾等物品散落各处，另一些床铺则被子、衣物、书籍整齐叠放。唯一一张桌子上摆满了护肤品，除了自然堂、百雀羚、资生堂、SKII也赫然在列。即使在群租房，还是有人努力保持精致。

黄昏刚至，不到3平方米的厨房里，已经有4个室友在准备晚饭。我想把自己刚买的吃食放进冰箱，打开一看，各种菜、肉、馒头已经占满空间，其他柜子里，也塞满了调料、炒锅、电饭锅，我只能先把东西放在床底。

卫生间用一块发黄的塑料碎花窗帘，隔开了淋浴和洗漱、马桶区。一个室友正在洗澡，蒸腾的热气在狭小的屋子里蔓延，旁边洗漱区里传来洗衣服的声响，而另一边，一个室友正在方便，我觉得这比大澡堂还尴尬。卫生间的人来来回回，我等了一个多小时才抓到一个没人的机会。差点就没憋住。

那天晚上，为了能更快融入新集体、打破尴尬，我在小区附近的小摊上买了一袋10元3斤的海棠，准备靠它们跟大家搞搞关系。

室友们或三两抱团聊八卦，或独自锁在蚊帐里追剧，我鼓起勇气，主动上前搭话、派发水果，她们看了我一眼说道："不用了，谢谢。"我性格慢热，主动社交失败，我觉得很不自在。

灯光在晚上11点准时熄灭，小屋迅速安静下来，只有每个人床头的小风扇在嗡嗡作响。我这才想起买风扇的事儿，屋里没空调，蚊子和热气都集中火气向我发起攻击。我用纸扇拼命与它们作战，汗水湿透了后背。燥热与失落双重夹击，让我开始怀疑自己的选择。

或许正如父母所说，做老师、考公务员才是人生最好的选择。

二

入住第四天，一个叫阳阳的女孩搬进来了。

与大多数住客拎着一个箱子就入住的普遍情形不同，阳阳几乎是以搬家的状态入侵了小屋。数十个大大小小的箱子摆满了阳台。

"你怎么这么多东西呀？"有人问。

"哎呀我这个人就是爱买，什么东西都买了一堆，你们缺什么跟我说，我啥都有！"

凭借这大阵仗的行李，阳阳顺理成章成为群租房里很长时间的话题中心。

跟小屋里大多数室友来自农村不一样，阳阳是南京土著，长得白白胖胖，从小就被夸"有福相"，家中两套房等着拆迁，自小十指不沾阳春水。阳阳换工作也很频繁，跨界旅游、汽车、传媒行业都做过。眼下，她正做着一份中介的工作，据说一个月能赚一两万。至于是什么行业的中介，我们至今也不知道。

阳阳说，住群租房是因为自己太爱旅游，一年要旅游十多次，群租房来去自由最合适。她以脱口秀演员般的演讲天赋，描述着我们不曾体验过的生活，很快就吸引了所有人。当她站在昏暗的屋子里说话的时候，仅有的一点阳光都打在了她身上。

作为穷游达人，我跟她产生了不少共同话题。同住客厅的艳芬，每每听阳阳说起旅游经历，就激动得睁大双眼，发誓自己要攒钱跟阳阳一起去。程序员天天也是个不错的听众，在我们四人中年纪最大，深谙"伸手不打笑脸人"的理论，是阳阳日常演讲的捧场王。

在阳阳的组织下，我们四人经常一起做饭。最开心的，还是吃火锅，一张凳子作为火锅台，用电饭锅当锅子，煮上超市买来的重庆火锅底料，红汤咕嘟嘟地冒起热气，一时间，整个屋子都是火锅味。房东阿姨发现后，立时一顿大骂："都给你们这么便宜的住宿了，水电费都是我出，你们老吃火锅浪费多少电呀，谁再吃我抓到就把锅扔了！"

我们连忙表态，以后再也不吃火锅了。等房东阿姨走后，就开始吐槽她的抠门事件：

"明明都赚这么多钱了，还白天不让开灯，晚上准时熄灯。"

"花洒坏了也不修，煤气没了恨不得 10 天后再换。"

"微信交房租她还说要手续费呢，必须转银行卡才行。"

…………

拥有一个共同的吐槽对象，永远是女生建立亲密关系最快捷的方式。阳阳建了个群，群名叫"403 姐妹花"，自然使我们四人形成了一个小团体。

群里通常的对话大多围绕着吃饭：

"饭做好了，快回来吃！"

"我加班了，得晚一点。"

"我在路上了，马上到！"

"没事等你，等到你回来为止。"

加班的时候，知道有人在等你。回家的时候还能吃到热腾腾的饭菜，那种幸福感冲淡了我对于北漂的惶恐不安，我感觉自己好像融入了新集体。

三

一个周末的下午，我被一阵谩骂声吵醒。阳阳的辣椒酱瓶子被打碎了，她正在屋子中央，发泄怒火。

这是搬进群租房的第 3 个月，阳阳依然占据话题中心，她喜欢站在屋子中央，大声讲述自己的过往。在阳阳的嘴里，关于自己的故事永远都是有爱、幸福的，不管是她家里的房有几套，她跟父母的关系多亲密，自己旅游体验多丰富，如何换男友如衣服，等等。

过多的行李成了她的负担，经常丢失的小物件让她渐渐失去耐心。在日常的演讲外，她的口头禅变成了"这里好多人就是没有素质"和"有的人可能从小就是小偷来的"。这种无法指名道姓的讽刺，像是对群租房所有人的讨伐。

有人悄悄告诉她，是艳芬打碎的。她立刻跑去艳芬的床边质问："是不是你打坏了我的辣椒酱？"

"没有啊。"

"你这个人打坏了别人的东西为什么不承认呢，我又不需要你赔这几个钱。"

"我说了不是我就不是我，你爱信不信。"

"都有人说了看见是你了！"

"别人说你就信，我说你就不信？"

"说不定别人看错了呢，我们一会再去买瓶新的吧。"争吵眼看就要升级，我赶忙跑去做和事佬，阻止了这场骂战。

群租房里从来没有发生过大件财物偷盗事件，笔记本扔在床上都不会有人拿，但是打坏瓶子、鸡蛋，少了一棵白菜，这种事情每天都在发生，没人能真的揪出"凶手"。大家都默认只要没人看见，这件事情就没有发生，只剩遭受损失的物主自顾自地谩骂她未抓到的凶手，哪怕，她自己也可能是上一起案件的凶手。

在群租房，友谊是奢侈品。对于阳阳来说，她并不能百分之百确认是艳芬打坏了她的瓶子，只是在多起悬疑案无法告破的前提下，好不容易有一次带目击证人的指证，必须抓紧机会发泄一下，即使对方是自己的"好姐妹"。

随着深秋的到来，年末也就不远了。室友们有人是没有底薪的销售，有人虽然工资不低但全都寄回了老家，有人正在攒钱买房，群租房给了他们希望和一丝微弱的归属感。

2009 年开始，政府开始着手整治群租房。这一天房东阿姨在群里发了一条消息：大家安心上班，晚上晚点回来给大家安排好。收到消息时，我正在餐标好几千的五星级酒店，陪老板参加电影发布会。

来不及想自己会不会流落街头，我就开始忙着敲下对老板当天价值几万的时尚套装的解读、记录现场金句发微博、完成新闻稿。工作结束。领导说酒店的套房开了一整晚，大家要是不想回家可以留下来，点餐可以挂房账。我拒绝了同事的邀请，即使那里一晚的房价能抵上我半年的房租，我牵肠挂肚的是，晚上回去我还有没有床位。

回到小屋，房东已经为大家安排好了去处，一部分人去了房东其他房子的空床，另一部分留下来打地铺。我选择留下，熟悉的环境能让我安心一些。

阳阳、艳芬、天天也留下来了。

阳阳和艳芬已经好几天没说话了。当大家一起睡在几块床板拼起来的大通铺时，谁也不想再提前过去的事了。

"我们也算是患难姐妹了吧！"阳阳最先开口。

"要不以后我们一起搬出去住吧，租一间房，搭两个上下铺，又省钱又不用受气。"

"好呀！好呀！"

"还有，明年夏天我们要一起去海边旅游。"

聊着聊着，我觉得也没多郁闷，这样的经历可以算是我人生的一大谈资了，并且我们小团体的感情进入了新的蜜月期。

四

2017年夏天，因为毕业要回学校，我办了短期退租，行李由阳阳帮忙藏着。天天的工作越来越忙，也很少跟大家聚在一起了。阳阳和艳芬处于换工作的空档期，大部分时间都黏在一起，关系越发亲密，也越容易引发龃龉。

阳阳很享受姐姐教育妹妹的感觉，手把手教艳芬怎么写简历、在网上投简历，甚至自己去面试也带着艳芬一起。两个人每天面试完就一起买菜做饭，阳阳很积极地抢着买单。艳芬要给她钱，她说你也没存多少钱，不用给我了。

阳阳顺利找到了一份HR的工作，艳芬却迟迟没有着落。她之前做的是前台，这次想做设计或行政，但都要求至少大专学历。她决定试试销售。在群租房里，一半的女孩其实都是销售，每天衣着光鲜地早出晚归，背诵销售话术，跟客户打电话，这些套路艳芬觉得自己大概也都学会了。在一个老乡的推荐下，她签了一家群租房附近的保险公司，没有底薪，按业绩提成。

那段时间，我常接到阳阳打来的电话，话题几乎全部围绕着艳芬。阳阳认为她并不适合做销售，艳芬觉得自己可以。

真正导致阳阳和艳芬决裂的，是新室友小雅的到来。小雅口齿伶俐，一来就跟所有人打成一片，像极了当年的阳阳。小雅的光环来自于她的干妈，一个一高兴就给她送一条金项链，没事就跟她买保险的长辈。

小雅的梦想是回老家买一套房子。令人羡慕的是，她的房子首付钱已经攒好了，再过一两年就能买。小雅取代了阳阳，成为新的话题中心，也成为艳芬的新闺密，她俩经常亲密地在一起做饭。

阳阳坚决不信小雅能买得起房，她生气艳芬的背叛，每天都能回忆起一些有关艳芬的忘恩负义的细节。

"艳芬那时候没工作，我们两一起做饭钱都是我出的，她一分都没给我，你说这个人怎么这么好意思。"

"艳芬用完我的锅，从来不给我刷，你说这个人是不是素质有问题？"

"艳芬那个人脑子有问题，我说她找的工作没有前途，她就不是干销售的料，她也不听。算了算了，别人的事我们也干涉不了。"

我没有插言，在我的印象中，艳芬是一个会因为剧里一点点动人片段就哭泣的女孩，家境贫穷的她，不会说太多好听的话，却是会默默做事的人。但有一句话，阳阳说对了，艳芬的确不适合销售工作。工作几个月，她每天沿着地铁起点坐到终点加微信，一个个聊客户，还是完成不了每个月的业绩要求，反而为了冲业绩自己垫钱买了好几份。她开始继续寻找行政、前台一类的工作，但心中的"演员梦"仍未熄灭。

艳芬身高167厘米，纤细大长腿，皮肤白皙光滑，眉眼间有点明星的韵味，长相在群租房里绝对是佼佼者，但要当演员还是差了点儿。她知道这个梦想只是异想天开，所以也就在跟我们聊天的时候偶尔提一句，在网上发发五音不全的唱歌视频。但她没想到，梦寐以求的机会竟然来了。

有人从网上联系到她，认为她条件不错，可以培养她做演员，只需出 200 块钱的服装费。

思虑再三，她决定去试一试。但她没有告诉我们要去当演员，只说找了一份包住宿的工作，所以要搬走了。

没有人想到，她成了第一个离开群租房的人。

但更没有想到，仅仅 4 天后，艳芬就带着自己的大包小包回来了。她的床位还没有新人顶上，她又住回那个位置，仿佛从未离开过。

那是一家诈骗公司，骗女孩们去，只是不停地给她们开会，让她们相信自己能成为明星，没有培训，反倒先要收培训费。艳芬觉察情况不妙，就赶紧跑回来了。

"差点进了传销，还好我跑得快！"艳芬庆幸自己还算理智，没有沉溺在明星梦里。

"你当时应该先跟我说，我给你打听一下那家公司嘛。"我也算是在娱乐行业工作了一年多，如果艳芬提前告诉我这件事，我一定会阻止她，毕竟太多比她漂亮、有才艺、有特色的女孩都红不了。

"果然是什么人才能干出什么事啊！"关在床帘里的

阳阳突然冒出了一句话，不知道是在打电话，还是说给艳芬听。

阳阳和艳芬的关系再也没能缓和，有几回她用高了一个八度的声音说艳芬"格调太低"。

拉锯之下，我成为阳阳最亲密的朋友，一起吃饭、看电影、逛街，所有空余时间都被填满了，个人空间被极度地挤压。

她喋喋不休地讲述那些"幸福"的故事，已使我感到厌倦：每天追着她结婚的海南富二代，公司里追求她的同事弟弟，总是为她点外卖的老同学。每天，她都有新的甜蜜日常刺激小屋里一众忙着相亲的单身室友们。

阳阳仿佛从不对生活感到沮丧，像一个永不疲倦的陀螺，塑造着一个光芒万丈的自我。随着时间的沉积，这些故事有着数不清的漏洞往外涌。她讲述自己毕业于一所北京的二本学校，却从来不告诉我们学校的名字。她炫耀幸福的家庭，却又忙于表达，和为生计奔波的我们不一样，她北漂是为了自由自在的生活，不想与家人绑在一起。

住在群租房的两年里，我从来没见过她的任何一个男性追求者，也没有一年出去旅游十次，吃穿用度和群租房里的多数女孩一样，都是淘宝上的便宜物品。

我已不想每天和这些真假难辨的故事纠缠在一起。

在群租房里，人和人之间不超过一米的距离，使得女孩们的关系很难被彻底掐断。应急时递来的纸巾，周末做好的早餐，不时出现在床铺的零食，偶尔还有惊喜小礼物，甚至还有共享的秘密，都阻止了我和阳阳的疏远。

有一次，我照常蹲在马桶上方便，下来时用力过猛，整个马桶都被晃了下来，水四处外溅。由于二十多个人共用一个马桶，每个人都担心接触到细菌感染皮肤病，所以都会蹲在马桶上方便，即使房东阿姨明令禁止。常年的过量承重，马桶早已摇摇晃晃，随时都有倾覆的危机。而我不慎成为压死骆驼的最后稻草。

为掩盖犯罪现场，我试图把马桶扶回原位，却发现马桶太重根本使不上力，恰好阳阳过来了，我们合力把马桶放回原位，把现场清理得干干净净。此后，我们很默契地，谁也没再提起这件事。投桃报李，我不得不继续做阳阳热情的听众。

那时，我刚刚经历了一场职业的败落。我辞去了艺人工作室的工作，想做内容方面的工作，希望在北漂的日子里留下一些作品，而不是忙着跟媒体、艺人打交道。然而，出去的大部分简历都没有回音，最接近的一次是把作业提交了对方说约二面，结果迟迟没有收到二面电话。

靠着微薄的积蓄，和群租房廉价的租金，折腾了几个月，还是撑不下去了，只好放弃。最终确定下来一份宣传工作，虽然不是我的理想，但过万的月薪还是让我屈服了。

我开始盘算着搬出去，打电话给父母，他们强调还是先忍忍，攒钱还助学贷款才是要紧事。我父亲用他一贯庄严的口吻说，吃得苦中苦，方为人上人。我心里想着群租房插座漏电导致死人的可能性，犹豫再三，还是没说什么。

五

2017年底，西红门新建二村发生火灾事故，北京开启了安全隐患大排查大清理大整治专项行动。相比可怕的事故，大家更害怕的是北京没有一张容纳自己的床。

检查力度增加了，每天早晚必查。这彻底打乱了大家的生活节奏，"北京不再欢迎我"是群租房里的最大感慨。

这番惊心动魄，让我搬家的念头更深了。

这时房东阿姨也变成了一颗随时爆发的炸弹，任何一件小事都可能成为导火索。每天的打扫时间，成了大型批斗会。衣服晾得太多，床前杂物太多，洗澡洗太久，白天开灯，晚上做饭，都值得她大骂十几分钟。

一个早晨，我正在准备第二天的午饭，阿姨气汹汹地破门而入，吓得我把炒勺掉在地上。

"都说了不能做饭了，出了问题你负责吗？饭做完了燃气为什么还不关？东西也整天乱堆乱放！我不说了锅也不能买吗，你看看你这电饭锅、炒锅什么都有。你们这些人怎么说不听呢，我给你们提供这么便宜的住宿我容易吗？"

一股脑儿的质问令我的大脑瞬间充血，我再也不能像过去一样，赔着笑脸回应。与她大声争吵后，我拎着饭盒出去了，楼道里还能听到阿姨气得跳脚的骂声。

直到走过一整个楼道，我仍然感觉到身体因为愤怒在颤抖。回想起住在群租房的日子，我觉得自己陷入了一个奇异的世界：有人高声地朗读成功学的句子，却转头熬夜追着无脑神剧到凌晨 5 点；有的人用尽力气试图成为这间屋子的明星，却不断地换着工作，找不到一处可以拼搏的舞台。这段日子就像是一个希望与无望、琐碎与亢奋交织的黑洞，时时准备将我吸进去，成为它自身的一部分养料。

在日复一日的生活里，只有在半睡半醒间，我才会短暂地想起，当初来北京的意义何在？

我曾经看到的那个巨大的舞台，与群租房这个小世界不断重叠，最终只剩下了一张狭小的床铺。

在那一刻我终于下定决心搬走。很快，我找到了一间通州的房子，距离我上班的地方有一个小时的车程。

搬走前一天，我才告诉大家。我能想象到，阳阳会像对待一个背叛者一样审问我。

不出所料，她嘲讽我的新住处太偏僻。

看到我沉默地收拾行李，她站了一会，跑过来帮忙叠衣服、归置行李，这方面她确实有天赋，行李很快收拾得整整齐齐。"你去到那边收拾好了，我们给你暖房去。"她收起了阴阳怪气的语调，认真地说道。

她有些发胖的脸庞，在昏暗的房间里，虽无光芒，但也因此被赋予一种朦胧的美感。我忽然觉得，过去她讲的那些故事，真假也不重要了。我甚至开始羡慕起她来，这个喜欢站在屋子中央的女孩，即使换过十几份工作，也从未有过低落的情绪。

只要还有人听她讲述自己的幸福，她便永远热情洋溢。

我搬走后，403 姐妹群彻底沉下去了。天天没过几个月也搬走了，精明又会省钱的她加入了微商创业团队，阳阳、艳芬后来再没说过话，但她们却仍坚守在小屋两年，直到 2019 年末房租涨了一倍，她们俩才离开。

截至 2019 年 12 月，403 的 4 人小团体彻底瓦解，去往新世界。新一批年轻女孩住了进来，再一次将这里填满。

文 / 杨北风

为世界末日时刻准备着

地震火灾、人身伤害、生化危机、世界末日……时刻准备着，因为谁也不知道明天和不幸哪个会先来。

一

我从来不会两手空空或者漫无目的地出门。对我来说，出门是每天必须盛装出席的大事。

除了带上身份证、手机、钥匙、钱包外，我会根据出门要做的事情和要去的地方，带上很多特别的东西：小刀、手电筒、辣椒喷雾、哨子、巧克力、能量棒、止血药、三种型号的创可贴，等等。

我不会在不知道要去哪儿、怎么去、大约要花多长时间的情况下出门。每次出门，我会对我要做的事情进行详细的规划。

无论走到哪儿，我的眼睛总是盯着各种安全设施：人防工程、消防通道、紧急设备。我坐车从来不玩手机，不管有多困也不会在车上睡觉。如果在外面住宿，我进房间放下行李后的第一件事，是摸清火灾逃生路线并检查消防通道是否畅通（从住的楼层一路走到一楼）、房间里是否有火灾防护面具和房间门锁是否工作正常。

然后，我会给家人发个信息报平安，顺便报告当前的住址。如果在外独自搭车，我会打个电话报下车牌号。更多时候，我会尽量选择乘坐公共交通，因为我觉得打车不安全。

在住处，我储存了一个月的食物和水。储存的食物在注重营养均衡的情况下，尽可能选保质期长的，比如肉干、菜干和麦片。水是桶装水，储存起来有点麻烦，不过净化水的方法在网上多的是，我很快就学会了净化方法。

除此之外，我还会很多逃生技能。比如此时此刻，我被外派到一个石化企业，坐在办公室里，我每天想得最多的一个问题是，假如石化厂发生爆炸或者起火，而我所在的办公室没有在第一次冲击波来到时被炸上天，那我应该怎么逃出去，逃出时该带哪些东西，等等。

当然，是我多虑了，石化厂还没建好呢。

我不是医院急救人员，也不是特工，我是一个生活在城市里的末日生存狂，在美国叫作活命主义者（survivalist）。

我最擅长的事情是普通人眼里的"杞人忧天"。

二

苏格拉底说：未经反思的人生不值得过。回想自己的危险经历以提高对现实世界的警觉，这是末日生存狂们最爱做的另一件事。对我来说，回顾过去是幸福的，尤其是想到自己平安长大并活到了现在。

我出生在山区的一个化工厂里。童年时，父母都在厂里工作，我和同龄人都在工厂子弟小学上学。我每天听大人们谈厂里的事，大部分时候都是日常八卦，但也有几次厂里出了事故，所有人都紧张兮兮的。我们这些孩子对事故的后果没什么概念，甚至聊天时还会吹牛谁的爸妈所在的单位出事故波及的范围最大。

工厂很小，没什么休闲场所，周围的山区成了孩子们的乐园。我在山上采过桑葚、抓过蝗虫、烤过红薯，也学过在树林里辨认方向。山上的小路乱糟糟的，如何判断方向和记住路边的参照物变得尤为重要。

每次上山之前，我都要花点时间准备些必需品——这大概是末日生存狂的雏形——即使只是上山去玩，我也会带上一些水和几个水果，如果去采果子或者到地里干活，还要带上各种工具。

山区环境不仅让我学到了很多户外技能，也让我渐渐有了未雨绸缪的思维方式，这成为我如今生活方式的起点。可如果山区留给我的都是美好记忆，那我也不会成为末日生存狂。在那之后，一些可怕的事情陆续闯入我的童年，世界渐渐显露出残酷骇人的一面。

3岁那年，我目睹了一场铁路事故的现场。一个男人卷进火车轮子里被轧死，爷爷带着我走到出事地点时，肇事火车已经开走，铁轨边只留下一摊脏兮兮的雨衣。

听大人说，他的身体被轧成了几截，雨衣下凸起的轮廓证实了这一点。我看到一只小腿从雨衣边伸出来，灰黄的皮肤上沾着干涸的血迹。现场弥漫着血腥味、机油味和其他令人不适又无法辨别的气味。

这是我和死亡的第一次照面，给我造成了全方位立体的童年阴影。这之后，我至少听说了周围发生的10起死亡事件，包括疾病、事故、自杀和他杀等。

三

有几次，我和恐怖几乎擦肩而过。例如9岁那年，我带着弟弟逃脱了一只"怪蜀黍"的魔爪。

那是个夏日的傍晚，我在姥姥家吃完晚饭，带着3岁的表弟回家。晚上7点的天还亮着，天边满是金色的晚霞，我和表弟心情愉悦，一路走，一路笑。

路上看不到其他人，大家都出去乘凉了。突然，一个中年男人冒出来拦住了我们的去路，并接着我的话向表弟搭讪。他看起来不矮，但耸肩弓背，眼神四处游移。我记着妈妈的警告，拉着准备回嘴的表弟走开。

回家的方向是往东，我不用回头也知道那个形迹可疑的男人一直跟在后面——夕阳下他的影子一直拖到我面前。

我意识到事情不太妙，拉着表弟越走越快。眼看到了自家楼下，单元门口又没有防盗门，我决定甩掉他。

我拉着表弟绕过楼边拐角，等转到楼的背面时催表弟全速奔跑。表弟似乎也明白事态严重，迈着两条小短腿和我一起狂奔，直到又转回楼的正面。

陌生男人不见踪影，我估计他仍在楼的背面那一侧找我们。我拽着表弟进了单元门，心里想着尽快到家，家里有防盗门，进屋以后就安全了。

我们吃力地爬着楼梯。我似乎听到了一个成年人的脚步声，担心中年男人还在跟着，心里焦急万分，几乎是拖着表弟在走。快到四楼的时候，表弟一步没踩稳，摔了跤，我赶紧去扶，结果自己也被拖了下去，摔在了楼梯拐角的平台上。

我刚缓过神，还没来得及动，感觉一只大手把我拉了起来，另一只手抓住了表弟。我回头一看，正是那个男人，他笑嘻嘻地看着我们，像一只准备对猎物发起致命一击的怪兽。

我什么都来不及想，只知道不能让表弟有事，抡起两只拳头冲着男人打过去。他轻而易举就把我拎起来，并用一只胳膊锁住了喉咙。我挣脱不开，表弟人太小，只能扯开嗓门用尽全力地喊"不可以打姐姐"。

那一刻很短，但感觉很漫长，长到我能看清楚男人的手腕就横在我面前，上面每一根汗毛都能看得一清二楚。

我毫不犹豫地对着那只手腕咬了一大口，突如其来的疼痛让他一下放松了，把我摔在了地上。

我尖声呼救，表弟也跟着我一起喊起来，陌生人脸色一变，捂着手腕转身逃下了楼。

直到现在，回想起那天的经历，我的后背都会发凉。那天单元楼里没有其他人，陌生男人显然不知道这一点才会被吓跑，让我们逃过一劫。

之后的日子里，我无数次想象如果真的被那个陌生男人带走，最好的情况可能是表弟被卖到东南沿海某个人家当儿子，我被卖到某个山区当媳妇。更糟的可能是我们会被卖到某个行乞团伙，被人工摧残成畸形，弄到街上乞讨，到那时会发生什么，我无法想象。

我平生第一次意识到一个人可以对他人怀有如此大的恶意，此后，我几乎对所有人充满戒备，不让自己喝醉，唱歌和上网从不通宵，时时刻刻保持清醒。

四

世界没有停止对我的威胁，我的人生轨迹一步步在向末日生存狂这条路靠拢。

初中时，我和班上同学关系不太好，喜欢独来独往。有一天和一个同学争吵，他突然掏出一把锋利的剪刀架在我的喉咙上。有那么一瞬，我似乎看到了人生的尽头，好在上课铃响，那个男生把剪刀收了起来。

我至今无法忘记颈部大血管被顶着刀刃跳动的感觉。那天以后，我随身带刀，虽然只是5毛钱一把的铅笔刀，却让我有十足的安全感。当然我知道除非别无选择，否则不能亮出刀子。

万幸的是，我再也没有遇到让我别无选择的状况，而刀也渐渐成了我的实用工具。

初三时，我经历了汶川大地震。虽然不在震区，但也有强烈震感。当时撤离的混乱仍然历历在目，教学楼的两条楼道堵塞了，从三楼的教室下到一楼再到100米外的操场花了整整8分钟，要是在震区，可能早就没命了。

我很后怕，之后每一年的防震演习都告诉自己"这不是演习"，要求自己以最快的速度从教室飞奔到安全区域，并且注重学习应急常识。

反应最快的一次，信号还没响完，其他同学还没有站起来，我已经冲出了教室。后来据同学说，教导主任在走廊上看着我绝尘而去的背影，喃喃道："这孩子有前途，跑得真快。"

2011年日本大地震时，我已经决心给自己配齐一套地震应急包了，包括一天的食物和水、保温毯、手电、哨子和简单的急救套装。上了大学，有了生活费，我开始为自己购买装备，成为一个真正的末日生存狂，也结识到更多有相同理念的朋友。

末日生存狂秉持的理念用 16 字概括，就是"力所能及、有备无患、自助救人、为国分忧"。

前 8 个字说的是根据自己的社会地位和经济实力，以及自己想要防备的事件考量自己需要什么，提前准备。比如防备地震就要选好离家近的安全地带（一般来说开阔地比较好）和自己家中可以躲的角落，注意保护头颈部，准备至少一种发射信号的手段。后 8 个字的意思是少依赖公共资源，可以帮助更多的人。

为此，美国的生存狂甚至会建地窟和小军火库，用来应对核战争。我没那么夸张，但也保持着极为清醒的生活方式。

除了自己家、朋友家，我几乎不沉醉于任何一种氛围里。我上班带着一把手电筒，因为工作地点和通勤车里都有急救箱，我也从不去演唱会那种人流密集的地方，对恐怖片免疫，《生化危机》可以拿来下饭，购物只注重功能和实用性。

例如我极度厌恶高跟鞋，这玩意儿只有在一种情形下是可爱的——紧急状况下把它当作破窗锤来用。可惜，我的折刀上已经有破窗锤了。

我的购物偏好被朋友吐槽，说不会审美，可他们也喜欢和我一起出门的安全感。我可以解决自己和他们在出行期间遇到的大部分问题。也可能是这个原因，我至今单身。

我曾经羡慕我的朋友，并常常感到心里不平衡："为什么他们活得那么粗心大意，却并没有遇到什么问题呢？"

　　很快，我说服了自己。生在危险的地球，做一个末日生存狂是我唯一的选择。

文／熊漫

活捉朋友圈里的假富美

爱护朋友圈，人人有责。

一

小叶是我的大学同学，在美术学院读服装设计专业。大三那年，她参加了学校的交换生项目，去了美国，此后一直在弗吉尼亚读书。

她在美国的生活很文艺，常常在微博上发自弹自唱的吉他视频，或是花卉、宠物一类的水彩画。和几乎所有热衷晒生活的女孩一样，她喜欢发自拍和在美国的生活日常。

小叶长得漂亮，一头乌黑中分长发，鹅蛋脸，不施粉黛也能看见满脸的胶原蛋白，我们私底下都叫她网红。虽然她的微博粉丝不到两千，但比起我们这些在微博上自说自话的人，她的每条微博下都跟着一长串评论。

评论里时常能看到陌生用户略显生硬的搭讪："美女你好，关注你很久了，能认识一下吗？"

对此，小叶从不搭理，稍有轻浮者，就会被删除拉黑。

一天，她收到一条陌生男网友的私信，问她在不在上海，说上海有个和她一模一样的女孩，还发来了一张他和那名上海女孩的微信聊天截图。

"你现在在哪里？"

"上海啊。"

"可是你的微博在美国？"

"……"

"照片不是你本人吧？"这句话没能发出去，对方已经把他拉黑了。

和这名男网友聊天的那个人，微信昵称叫雪梅，头像是一个女孩和自己母亲的合照，照片上两人洋溢着笑容。

小叶脑袋一蒙，合照里的女孩明明是自己，照片是母亲过 50 岁生日时照的。

二

意识到有人盗取了自己的照片，小叶又急又气，准备加对方微信兴师问罪。我们劝她，去骂不仅没用，反而会被拉黑。

最终，大家决定让我这个学编导的扮演一名男网友，去加那个叫雪梅的女孩微信，探探虚实。

雪梅很快接受了我的好友请求，简单寒暄后，我立马去看她的朋友圈。

她的朋友圈很长，我花了整整 10 分钟才拉到最下面。

第一条朋友圈的时间是 2014 年 7 月，文字很简短，配图是一张不知出处的海景照片，画质有些模糊，她给自己点了一个赞。

这之后，我有种进了小叶微博的感觉：雪梅朋友圈里几乎所有的照片都是小叶发在微博上的，仅仅是去掉了水印。为这些照片嫁接的文字，又像是她的个人经历。也就是说，小叶成了她朋友圈免费的配图供应商。

于是，我的大学同学小叶就在一个远隔重洋的陌生人朋友圈里有了不一样的人生轨迹：没有出国，在上海一所二本学校读大二；上海本地人，家庭和睦，每到双休，要在朋友圈晒晒母亲做菜的手艺。

看得出小叶去美国后，雪梅能用的图片越来越少。有时，她会发一张形单影只的电影票，或在图书馆桌前复习的场景。这些图片不是小叶的，我不知道是她自己拍的，还是来源于其他人的微博。

我小心地和雪梅聊起天，她说她没吃晚饭，要我给她发红包点外卖。我对她的直接有些不适应，回复她："给你发红包我有什么好处呢？"

"呵呵，你多想了，我不是那种人。"

我意识到自己刚才出语的暧昧意味，生怕惹恼她，被她拉黑。聊天页面不断显示"对方正在输入"的字样，让我没有喘息的机会。

"呵呵，就这样吧，想不到你是这样看我的，没什么可聊的，互删好了！"

我慌忙解释道歉。她又立马变了脸："哈哈哈！你说错话了吧，发个红包我就原谅你！"

女人翻脸比翻书还快，我被套路了，拿她没辙，只好发了个 6.66 元的红包。

"这么少啊。"她有些嫌弃。

三

一周过去，我和雪梅有一句没一句地聊着。心急吃不了热豆腐，我只能不停试探，为此付出的代价是零零碎碎给她发了几十块钱红包。

雪梅很敏感，只要被问到任何实质性的问题，她都会巧妙地用别的话题敷衍过去，或者不做回复，等第二天就说，自己昨晚睡着了。

我假装一名大学毕业很久的上班族，有意问了她一些只有大学生才会知道的生活细节，比如冬天公共澡堂要赤身裸体排很长时间的队，食堂明面上只能刷学生卡，暗地里可以付现金等等。雪梅都能答得上来，还会纠正我故意说错的地方。

可以确定的是，这个叫雪梅的人确实是大学生，并且还是个女生，不像是手法专业的诈骗分子。

和雪梅的关系很快遇到了瓶颈。我几次约她见面吃饭，她都拒绝，甚至以拉黑我相威胁。想想也是，雪梅也不是傻子，主动权在她那里，谁会做了坏事，还主动暴露呢？

心灰意冷的时候，我开始认真研究雪梅的每一条朋友圈，试图找到一些线索。她的朋友圈偶尔写得很长，句和句之间不加标点符号，诉说一些不顺心的事，若有所指又意味不明，很符合小女生的调调，但也不像惹人怜爱的无病呻吟，更像是面具背后的小心翼翼。

"好想要这支口红，我涂这个颜色会好看吗？"

几分钟前，雪梅更新了一条朋友圈。一张配图是小叶的自拍，另一张是一支口红的淘宝页面。

我把她的朋友圈截图发到了群里。小叶说，这是最近非常热门的一支口红，她早先已经订购了，刚刚才到货。说罢，拍了一张照片给我们。

这件事，小叶还没有在微博上说过。"这女孩装我装太久，入戏太深，都能未卜先知了！"

我心生一计，让小叶先别在微博上晒口红。反过去对雪梅说，想送一支口红给她。雪梅以为我在开玩笑，一口答应。直到我真的把口红的图片发给了她，她才警惕起来。

"你真的送啊？"

怕她又觉得我在引诱她见面，我赶忙补充："对啊，寄给你。"

雪梅将信将疑。我解释说，口红是我妈从美国带回来的。搞活动买一送一，给了我一支，可我又用不上，送谁不都一样。我尽力措辞诚恳。

雪梅扭捏了一会儿，给了我一个地址，是本地一所大学的快递中心，不是雪梅声称自己在读的那所，但两所大学隔得很近。她解释说，最近住在闺密那里。

四

雪梅告诉我，收货人写"李雪梅"。我确信这不是她的真名。

我当然不会真的寄口红给她，寄过去的只有一个空的包装袋。我在包装袋里塞了一张字条，解释了自己的真实身份和这样做的目的。

雪梅可能以为用了假名就万无一失，她没有想到的是，大学里的快递中心，非本人领取的快件往往需要凭学生证和签字，并且这些信息是都有留档的。

当我在物流网站上得知，雪梅已签收快件时，我便托家住在附近的朋友，拿着快递单号跑到快递中心，声称自己的快递被别人冒领了，很快，我就知道了她的真实姓名和就读专业。

朋友还用手机录下了快递中心的监控录像。透过两层屏幕，我们第一次见到了雪梅的样子。

"看上去鬼鬼祟祟的，不像好人。"小叶愤愤地评论道。事实上，我们只能看到大概的轮廓，她像极了我们身边任何一个女大学生。

那天将近晚上 8 点，雪梅才发来消息联系我。可以预料的是，她在不安中度过了一天。我没有回复她，先前的我们还只是沉浸在成功破案的喜悦中，至于接下来该怎么办，还真没想过。

小叶在群里提议将雪梅的信息在微博上公布，刚发出这句话，又立即撤回。我们都知道，对这样一个普通女孩来说，我们手中握有能够彻底搅乱她平静生活的核弹按钮。

"唉，算了算了……"小叶在群里发了一条语音，"我们也把她吓得不轻了，你督促她以后别这么干就好，我先去睡觉了。"

后来，小叶就再也没怎么提过这件事。过了几天，她断更两周的微博恢复更新，继续在微博上记录生活的点滴，只是再也没有看到她发自拍。

这件事本该告一段落了，但在强烈的好奇心驱使下，我想见见雪梅。

五

我提出和她见面的请求，雪梅没有立即回复。后来，她简短地告知我：需要考虑一下。

一天后，雪梅同意见面，发给了我一个地址，约定 14 号早上 9 点在一家甜品屋见面。

见到她时，她正坐在店内靠墙一角。黑色中发，穿一件粉色的羽绒服，低头看着手机。虚假身份戳穿后，她仍用那个微信同我联系，只是换了头像。她朋友圈里所有的照片，按我的要求被设成了私密。

我在她对面的座位坐下，她没有和我打招呼，我也不知道如何开口，偷偷打开了手机的录音功能。

太阳出来了，店里暖和了一些。雪梅低着头，盛着奶茶的纸杯被她攥得微皱。她没有喝，两眼呆望着杯子。

"你谈过恋爱吗？"雪梅打破沉默，先开口了。

我被问得不知所措，雪梅没提朋友圈盗图的事，却主动讲起了自己的故事。

雪梅升初一那年，父母离婚，她跟着对她管教严苛的母亲生活。

那个年龄的女孩都开始学着打扮自己，雪梅也不例外。她母亲不让她留长发，也很少给她买漂亮的新衣服，还频繁地检查她的书包和日记，禁止她和男生来往。

上初中那会儿，有段时间，女生间特别流行把裤腿剪短，露出一截小腿。当时她们班有个女生会用针线，自告奋勇地给所有人改裤腿。雪梅也赶时髦，想都没想就撸起裤腿让同学做了裤腿。

那天雪梅回到家，裤腿被母亲看见了，得到了一记狠狠的耳光。

第二天，母亲拖着雪梅闹到了校长办公室，那位帮她改裤腿的同学挨了处分。这事之后，雪梅在班上被同学们孤立。

雪梅的父母还在一起时，母亲没有工作，每个月靠父亲的生活费和房租过日子。雪梅不止一次地觉得，母亲的工作就是无孔不入地咒骂她，监视她。之后，父亲和公司里年轻漂亮的女下属跑了。

高考结束后，雪梅毫不犹豫选了外地的大学，两年来再也没回过家。

六

雪梅以为只要逃离母亲，自己就能过上正常的生活。可是相隔千里，母亲带给她的阴影仍在以某种形式发挥作用。

上大学后，雪梅连一个异性朋友都没有。她读的专业男生不少，可大学生活不比高中，下课一打铃，都各忙各的了。雪梅不知道如何与他们结识，至今还叫不全同班同学的名字。

这样的日子，又持续了整整一年。

2014年暑假，雪梅没有回家，独自留在了寝室。高温酷暑，晚上尤其难熬。一天夜里，雪梅辗转反侧，重新拿起了刚放下去的手机。

刷朋友圈时，她看到班上有个女同学说心情不好，很快就有男生在评论区安慰。雪梅围观他们你一言我一语地聊着，忽然聊天就停止了。

"估计是转私信聊了吧。"她想。

雪梅更睡不着了，心里多了一种异样的情绪。她羡慕她的同学，她也想像她们那样，不开心的时候会有男生来安慰，被他们逗得咯咯笑。

那天晚上，她重新注册了一个微信，昵称是"雪梅"。她想改变自己，重新出发，或者只要能改变，是不是她自己，并不重要。

她转战微博，碰巧浏览到小叶的微博。这个不知道什么时候关注的博主吸引了她，美貌、有气质、自信，还有她向往的笑容。

她找了张小叶相册里的照片，设置成雪梅那个微信的头像。然后点击、保存、点击、保存……一口气保存了小叶的微博上的很多照片。

弄完这一切，雪梅有些心惊肉跳，那是种类似于犯罪的快感。

第二天醒来，她看了眼手机，吓了一大跳。仅仅一晚上，就有十几条来自"附近的人"的好友申请，清一色是男性。

添加了这些陌生男人后，雪梅有些紧张，还是习惯性地不会和异性聊天。有的男人说话暧昧，不怀好意，她手足无措，只能逃离一般退出账号。

然而当再次无聊时，尤其在难以入眠的夜里，雪梅又登上了那个号。她告诉自己，自己是阳光自信的小叶，没有人会发现的。

七

　　两个月过去，最开始的那种慌张从雪梅身上消失了，有时她都忘了自己原本的名字。她发现，那些找她聊天的男人们本质上都差不多，聊天内容也很单调，无非是不断地问问题："吃饭了没？""在干什么呢？""考试忙吗？""还没睡呢？"

　　没聊几句，他们就开始要求视频聊天，或者约雪梅去看夜场电影。

　　雪梅觉得他们丑陋又可笑，心里厌恶，语气变得冷淡起来。她逐渐掌握了和男人聊天的主动权，学会了一惊一乍，也学会了要红包。

　　当让那些男人不得不付出些什么时，她得到了一种满足感，也开始觉得男人的付出理所应当，"陪你们这些屌丝聊那么久，给我发个红包难道不应该？"

　　雪梅也遇到过不问她要求什么、只是单纯聊天的人，这些人成了雪梅的倾诉对象。

　　一个中年人加了雪梅的微信，他说话稳重，默许着雪梅隔着屏幕的趾高气扬。他们聊的多半是雪梅大学里的事，中年人特别喜欢听雪梅说这些。

有几次，雪梅开玩笑问他要红包，他毫不犹豫地给她打了一百块，还说大学生缺钱，叫她不要放在心上。雪梅收了没多久就感到不安，最终把钱退还给了中年人，并删除了好友。

当我发现她这个冒牌的小叶时，雪梅已经厌倦了这场游戏。她托我向小叶道歉，还说得谢谢小叶，自己渐渐走出了交友阴影。最近，有个男生在追求她。

"对了，追求的不是雪梅，是我。"看到我眼神里的疑惑，她有些尴尬，赶忙补充说。

那个"我"字的发音，她压得很重。

文／韩天翼

水浒卡骗了我们二十年

干脆面里的集卡游戏被时间润色成了甜蜜记忆，当年损失惨重的"受害儿童们"，如今也成了怀旧的大人。

一

从幼儿园起我就对收集有兴趣，旋风卡、贴画，连葫芦娃大战变形金刚的"洋画"我都集过。

1999 年，某干脆面生产公司聘请专业画师绘制水浒卡片，附赠在干脆面里。那年我 8 岁。

在姥姥家开的小卖部，我买了包干脆面打牙祭，意外得到一张水浒人物卡：入云龙公孙胜。这张卡比市面上的其他卡片漂亮一大截，材料厚实，质量上乘。

当时电视台正播放《水浒传》连续剧，我看不大懂，但知道水浒有一百单八将，这意味着卡片是可以集齐的。摸着精良的卡片，我莫名兴奋，一定要集满 108 张。

几乎一夜之间，整座小城的孩子都开始收集水浒卡。卡片才是主角，方便面显得多余，多数人撕开包装就把面扔掉。像我堂哥那样，每包面咬上一口再扔掉的，已算是十分节约。城区各个垃圾桶里塞满方便面；主路两旁的小河沟一放水，便是滚滚泡面向东流。

在集卡之前，我喜欢集钱。所有零花钱都被我存起来，藏在家里各处，再用发条玩具设置机关。十几岁搬家时，还发现床下小盒里有我藏的10块钱，爸妈说我掉进钱眼里了。

等有水浒卡后，钱显得相当无趣。我以钱换卡，很快家财散尽。

经济行为似乎是人类本性，七八岁的小孩开始自发交换卡片。街头巷尾时时都有零散的换卡交易。小城其实是封闭的厂区，活动都是群体性的。厂里常年有体育比赛，参与人数众多，灯光球场成了最合适的卡片交易场所。父母看比赛，小朋友就涌至昏暗的主席台亮货。

"我看下你的卡。"趁着月色，四五个人低头搓开手中的一把把卡片，讨价还价。

小时候我很内向，终日在家里玩玩具、画画、做手工。日常社交就是和隔壁的童宝边看动画片边写作业。可为了换卡，我主动走上大街，变成"自来熟"。

"这张换不？"

"我只有一张，不换。"很多小孩不交换手上的孤品。

我不厌其烦地看每个人手里的卡，一遍又一遍，很快发现了一个秘密。卡最大的价值在于它本身的稀有程度，而不在于自己手头有没有重复。在换卡交易中，稀有卡片以一当十。

再后来我留意到，第一张公孙胜隔了很久都没出现，再次出现是和众多新面孔一起。另外，不同时间的卡片风格有些差异。我由此推断，108张水浒卡是分批次发行的，于是很快调整了买面策略：如果一段时间没有新卡就降低购买频率，三天买一包。期间多方收集信息，在心里列出一个批次的卡片名单。

凭借执念和分析，我集卡的速度和质量超过身边所有人。童宝原本就指着抄我作业，我在集卡方面显示出才能后，童宝成了我的跟班儿。

二

有一阵，市面上很久没有水浒新卡出现，绝望的气氛在厂区蔓延：集不齐的，没希望啦。

还有人说，干脆面生产公司已经倒闭，于是放弃收集，四处赠予卡片。我一再降低买面的频率，也始终见不到新的面孔。

那天和童宝在姥姥家买了包面，一直没撕开，我怕依旧是同一批卡。如果传言是真的，我可能永远集不齐这套卡片了。我们走了一路，一言未发。

童宝突然一个侧身，跳到我面前，"我们来求卡吧！"

"什么玩意儿？"

"显显灵……太上老君……啊……显显灵，呜！"他开始乱跳，期间发出狂吼，翻着白眼把面抛到空中两次，接住后使劲揉搓拍打，又把面摔在地上，轻轻踏了两脚。

"好，我撕了啊。"

我俩都深吸一口气，"嘶啦"一声响。

"玉臂匠金大坚！"

是新卡。

我接过卡，差点一拳抡他脸上：这白痴把我的卡都磕出印儿了。

我对卡的品相要求近乎偏执，不仅不能有折损，还要保证"红点黑圈"——水浒卡在人物绰号与姓名之间有一个红点，因为版次问题，有些红点外有黑圈。我的标准中，只有红点黑圈的卡是值得收集的。

我渐渐开始通过卡片来判断持卡人的成色——手里卡片脏旧的人往往邋遢，卡片质量也好不到哪里去。如果一个人手上一张稀有的卡都没有，我便不会再花任何精力看他的卡。至于不看"红点黑圈"的人，我可以做到不歧视。

几批卡片发行完毕，学校门口的商店开始兜售套卡，10块钱108张，用橡皮筋捆着。这种卡片质量低劣，人物奇丑。我当面指着老板说："你卖假卡！"

我的判断中又加入一条：有假卡的人也不值得交换。

手上的卡都是"红点黑圈"，品相完整，我愈发自信。

很快，我不再满足于自己集卡，开始组织陌生人之间互相接头。只要与水浒卡有关的事，我都愿意参与。

"我想要曹正。""我知道谁有，我带你去。"说罢我拉着一伙人冲到堂哥家。大妈是我们小学的数学老师，开门时她一脸惊异。那会儿是大中午，我堂哥睡得迷迷糊糊，挣扎着从床上爬起来卖卡。他开价4块，对方觉得贵，买卖没谈成。

经过买卖曹正的事，我觉得卡片交易不方便，便说服姥姥在柜台辟出一块地方专门摆放水浒卡，价格我来定。我信息了解多，定价公道，很多人都愿意把卡交给我。我联系着卖过不少卡，单纯为人民服务，不挣差价。

后来曹正的黑市价格从4块涨至8块。我的那张是邻桌女生送的。

三

水浒卡集到70多张时，我对自己集齐卡片信心十足，对卡的珍爱也发展到变态的程度：抽出白酒盒里的绸布垫在木匣中，把卡放在里面，整天抱着。

有天在俱乐部等童宝，一个比我大三四岁的男生看到我的盒子，问："你拿的什么？"

我打开盒子，展示我的珍藏。"你怎么还在玩这个啊，真没劲。我早就集齐不玩了。"他抽了一下嘴角，一脸鄙视。

这让我十分惊异，最后一批卡明明还没出啊。"我哥在外地寄给我的，喜欢的话全送你好了。"听完他这句话，我脑子彻底乱掉。

男生让我把手上70多张卡都给他，他回家对一对重复的，拼齐一套送我。他不答应直接给我全套，含含糊糊地说，王义正到处劫卡，风险太大。王义是我们厂知名的混混，我没见过，可有关他的传说从未间断。

为了让我相信他，男生掏出自家卧室的钥匙，说："你把卡都给我，明天还在这，我拿全套的卡把钥匙换回来。"他比我大，我又实在太想集齐，竟觉得他说的都是真话。最终我猛然想起，卧室钥匙根本没有用处，勉强拒绝了他。

事实上全国卡片的发行批次几乎一致，不可能有人提前集齐。

等童宝来了，我才清醒一些，讲出刚才的事，红着眼睛哭出来——有人骗我，我差点儿失掉全部的卡片。

为卡疯狂的远不止我一个。

水浒卡风靡那两年，俱乐部斜对面的书店拆除柜台，改成自由阅读形式。但店员心里并未接受大家免费看书，总是把小孩子撵走。偶然一次，卖书的阿姨看到我手里的水浒卡，把我拉过去说："给我一张金眼彪施恩就让你随便看。"她儿子终日念叨这张卡。

水浒卡在某种程度上成为通用货币。

四

最后一批卡面世后，干脆面公司发行了如意卡：只要在卡上写下6个水浒人物名字寄回公司，就可以直接得到6张卡。

其实如意卡是对收集规则的破坏，可没人觉得有丝毫不妥。

厂区的孩子早已陷入某种狂热，如意卡的消息传出时，任何一个开袋取卡的人都会被围观，成为瞩目的英雄。

俱乐部对面有个小卖部，阿乔去买面时身后已经聚起八九个小孩，屏气凝神等着他撕开包装。"嘶啦"一声响，"如意卡！是如意卡！"小孩们炸开了锅，大家纷纷伸手去摸。阿乔迅速缩紧身子，捂住卡片，从人群中退出来。其他小孩愣了两秒，举起钱嚷嚷着转向商店老板，小卖部门前出现了电视剧中钱庄挤兑的情景。

我没凑热闹，转身跟着阿乔进了俱乐部。他准备买币搓两把街机庆祝时，我掏出身上的卡，说："把如意卡给我，我直接让你如意。"

没等阿乔反应过来，我搓开手里的一大把卡片，说："随便挑6张你没有的，翻江蜃童猛也给你，我只有一张，你也知道这卡有多难得。"阿乔犹豫一下，答应我的条件。

如意卡到手。我写下6位水浒好汉的姓名，填上我爸单位地址，寄出卡片。

天目将彭玘

摸着天杜迁

锦豹子杨林

火眼狻猊邓飞

翻江蜃童猛

　　想起有人说托塔天王晁盖在梁山排名第〇，我便把晁盖也写在如意卡上。其实我还想写潘金莲来着，只是觉得风险太大。

　　我至今清晰记得写在如意卡上的人物，那是我集到的最后5张卡。

　　如意卡寄出，我终日魂不守舍，身边的小伙伴不断问起我有没有回音。"有信吗？""有邮件吗？"我跟老爸关系长期紧张，但那段时间，感觉他每天下班回家，身上都发着金光。

　　东西终于寄到，5张卡，一封信："闫真小朋友，晁盖不是水浒108将中的人物，你可以重新填写一个水浒人物寄回本公司。"除此之外，干脆面生产公司还寄来一张印刷低劣的好汉排位总表。我用黑色中性笔圈改出二十几个错字，把它铺在我的抽屉里。

　　108张卡终于集齐，我在9岁的年纪得到了最渴望的东西。我是圈里第一个集齐全套的人，大我三岁的堂哥也没赢过我。

　　我把卡片装进塑封小袋，10张1包。卡片把小袋撑得板板正正，很是精致。跟钱的命运相似，水浒卡被我藏进一罐过期的高乐高。

108张之外，我多出300余张重复的卡，单是出林龙邹渊就有15张。为这些卡片，我大概花掉400块钱。长大之后我才知道，水浒卡是一代人共同的记忆，可能有数千万人卷入其中。

为了复制水浒卡的营销模式，顺利推出接下来的三国人物卡，2000年底，干脆面生产公司推出集卡杀器：只要得到"水浒大团圆"和"三国风云录"两张卡，就可以换得全套水浒卡片，还加上典藏册。

我无法接受这件事：每晚睡前，我都在盘算不同卡片的价值，吃完饭就游荡在街上看其他人的卡片，后来已经可以背出一整张梁山座次表。而现在，别人只需收集两张卡片就能换得我竭力获得的一切，外加一本我见都没见过的典藏册。那些手里拿着脏旧卡片和假卡的人，都可以轻易凑齐这两张卡，得到一整套"红点黑圈"的卡，成为同学间的焦点。

我感觉自己受到巨大的背叛。

我把卡片从高乐高桶里拿出，抖掉过期的巧克力粉，它不再值得我费心藏匿。300多张重复的卡被我用透明胶带粘连成片，铺在卧室的地上。

后来，我没有再收集三国卡片，也没有再买过干脆面。

文／闫真

真 实 打 动 世 界

真实故事计划

真故书店

新浪微博：@真实故事计划
官方网站：http://www.zhenshigushi.net
投稿邮箱：tougao@zhenshigushijihua.com

图书在版编目（CIP）数据

真故 . 90后叙事 / 雷磊主编 . --北京：台海出版
社，2020.7
ISBN 978-7-5168-2608-9

Ⅰ．①真… Ⅱ．①雷… Ⅲ．①故事－作品集－中国－
当代 Ⅳ．① I247.81

中国版本图书馆CIP数据核字（2020）第 086320号

真故 . 90后叙事

主　编：雷　磊			
出 版 人：蔡　旭			
责任编辑：王　萍		策划编辑：殷颜晓	
封面视觉：曾　杏		内文版式：王晓园	
出版发行：台海出版社			
地　　址：北京市东城区景山东街 20号		邮政编码：100009	
电　　话：010-64041652（发行、邮购）			
传　　真：010-84045799（总编室）			
网　　址：www.taimeng.org.cn/thcbs/default.htm			
E－mail：thcbs@126.com			
经　　销：全国各地新华书店			
印　　刷：北京中科印刷有限公司			
本书如有破损、缺页、装订错误，请与本社联系调换			
开　　本：787毫米×1092毫米　　1/32			
字　　数：160千字		印　张：8	
版　　次：2020年7月第1版		印　次：2020年7月第1次印刷	
书　　号：ISBN 978-7-5168-2608-9			
定　　价：35.80元			

版权所有　翻印必究